日比野豆腐店

小野寺史宜

Onodera Fuminori

徳間書店

日比野豆腐店

目次

日《ひ》比《び》野《の》初《はつ》

お焼香をして、手を合わせる。

軽い数珠《じゅず》の重みをただ感じる。

特別なことは、何も思わない。どうぞ安らかにお眠りください。思うのは、そのくらいだ。

わたしたちの関係からしても。亡き夫の友人。そんな相手にわたしがそれ以上のことを思ったら、むしろおかしい。

佐賀富作《さがとみさく》さん。わたしの亡夫、日比野勇吉《ひびのゆうきち》の友人だ。勇吉と結婚したことで知り合った。だから知り合って長いが、頻繁に会っていたわけではない。

一月半《なか》ばの平日。京成高砂《けいせいたかさご》で京成本線から北総《ほくそう》線に乗り換えて、この新柴又《しんしばまた》に来た。電車に乗ったのは久しぶりだ。三ヵ月ぶりとか、そのくらいになるかもしれない。

佐賀さん宅は葛飾《かつしか》区柴又にある。最寄駅はこの葬儀場と同じで、新柴又。江戸川の近くの一戸建て。庭があり、木々が植えられてる。家自体が大きいわけではないが、その庭は広い。

そこには何度も行ったことがある。お正月に呼ばれたり、祝事があると呼ばれたり。そうでなければ、ただただ食事に呼ばれたり。富作さんと勇吉は同い歳《どし》。仲がよかったのだ。

といっても、学校の同級生などではない。二人が同じ学校に行ってたことはないし、近所に住んでたこともない。二十代前半のころにやってた日雇い仕事の現場でよく一緒になっただけ。日雇いだから、工事現場とか建設現場とかの、いわゆる肉体労働。仕事を斡旋《あっせん》してた会社が同じだったのだ。

そこで一年ぐらい働くうちに、二人は親しくなった。

仕事のあとによくお酒を飲んだりもしたらしい。働いたその一日のお給料分飲んでしまったこともあるという。勇吉はそこそこお酒に強かったが、富作さんはもっと強かったのだ。あのころは飲むために働いてるようなもんだったよなぁ、と富作さん自身が言ってた。

そんなふうに日雇いで働いたあと。勇吉は実家の店を継ぐわけだが。富作さんは会社に勤めた。上野にある会社。計測器だか何だかをつくるところだ。それでも、二人の付き合いは続いた。

当時はまだ新柴又駅がなかったので、富作さんは京成金町《かなまち》線の柴又駅まで歩いてた。

そのころは勇吉とわたしも柴又駅から十五分歩いて佐賀さん宅に行った。三十年以上前の話だ。わたしはただ勇吉についていっただけなので、今、柴又駅から一人で歩いて佐賀さん宅に行ける自信はない。

北総線が開通し、新柴又駅ができてからは、その半分の時間、七、八分で行けるようになった。おかげで土地の値段もちょっとは上がってくれたみたいだよ、とこれもやはり富作さん自身が言ってた。

新柴又駅から佐賀さん宅に行くようになっても、帰りは勇吉と柴又駅まで歩くことが多かった。柴又帝釈天《たいしゃくてん》に寄ったり、葛飾柴又寅さん記念館に寄ったりしたのだ。そのころにはもうわたしたちの息子清道《きよみち》も大きくなってたので、いつも勇吉と二人だった。

新柴又の前の柴又時代には清道を連れていくこともあった。清道がまだ十歳にもならないころだ。

ただ、連れていくと、富作さんが清道におこづかいをくれるので、じきに連れていかなくなった。親戚ならともかく、友人に毎回そうさせるのは気が引けたのだ。だから清道は家に置いていった。そんなときはお義父《とう》さんとお義母《かあ》さんが清道を見ててくれた。

富作さんのところにも子どもがいれば勇吉とわたしもその子におこづかいをあげることで解決したのだろうが、そのころはまだ富作さんと奥さん多鶴《たづ》さんのあいだに子どもはいなかった。できたのは数年後。かなり遅かった。富作さんが四十一歳、多鶴さんが三十九歳のとき。正直、あきらめてた、とあとで多鶴さんが言ってた。

その息子さん成親《なるちか》くんは、今、四十一歳。わたしでも知ってる有名なＩＴ会社に勤めてる。一時期はアメリカで働いてたこともある。とても優秀な人なのだ。

成親というその名前。音の響きが気に入ったから、というのが一番の理由だが、実は、ちゃんと親になれますように、との願いも込められてる。

というそれもあとで多鶴さんに聞いた。あくまでも多鶴さん個人の願い。富作さんと話し合ったわけではないそうだ。その名前を多鶴さんが提案したら、響きがいいな、と富作さんが受け入れたのだという。同じ女であるわたしにだからしてくれた内緒の話。だからわたしも勇吉に言ったりはしなかった。

この成親くん、優秀なだけでなく見栄えも決して悪くないのだが、まだ結婚はしてない。してくれるかわかんないねぇ、と多鶴さんは言ってる。するならいきなりして、おれ結婚したから、なんてあとで言ってきそうな気もするんだけど。その手のことにまったく興味がなさそうな気もするし。親のわたしが言うのも何だけど、変わってんのよ、あの子。

成親くんとはわたしも話したことがある。多鶴さんがそう言うのも、理解できなくはない。

ＩＴとかわけわかんないよ。成親くんはすごいねぇ。わたしはパソコンなんてこわくて触れない。自分の携帯電話だってこわいよ。まちがえて変なとこ押して変なことになっちゃうんじゃないかって、いつもびくびくしてる。

わたしがそう言うと、成親くんはこう言った。

仕組がわかれば簡単ですよ。基本を応用するだけ。幹から枝葉を広げていくだけです。たぶん、おいしい豆腐をつくるほうが難しいですよ。味覚は一人一人ちがいますから。その味覚がちがう全員を一つの豆腐で納得させるほうがよほど難しいです。

わたしはぽかんとしてしまった。ずば抜けて頭がいい人は、やはりちょっと変わってるのかもしれない。

で、今日のこの葬儀。参列者は多くない。はっきり言ってしまえば、少ない。来てるのは、親戚に、近所の人。何なら数えてしまえるくらいだ。

まあ、八十を過ぎればそんなものだろう。会社員時代の付き合いが定年後二十年以上続くわけもないのだし、本当なら来てくれたであろう知り合い自身がすでに亡くなってたりもする。だから時間の余裕もあるのか、お焼香をしたあと、多鶴さんと少し話すことができた。

多鶴さんはわたしより二歳上。今、八十歳だ。この多鶴さんから電話で連絡を受け、わたしは今日ここへ来た。店は清道の嫁の咲子《さきこ》さんにまかせて。

多鶴さんがわたしに説明する。

「家族葬っていうもっとこぢんまりしたものにしようか迷ったんだけど、それもさびしいかなと思って。でもそっちでよかったかもね。そもそも親戚が多くないから、余計さびしくなっちゃったよ」

「でもこっちにしてくれたから、わたしは来られたし」

「ありがとうね。初《はつ》さんが来てくれてよかった」

「そりゃ来ますよ。電車で四駅だし。いや、近いから来るわけでもないけど」

「近いから来る、でいいのよ。遠くから来させるのは、こっちも悪いし」

それも、理解できなくはない。わたしもそうだった。勇吉が亡くなったときに富作さん多鶴さん夫婦に連絡したのは、やはり近かったからだ。例えば二人が北海道や沖縄に住んでるなら、あとで伝えるだけにしたと思う。

何であれ。いつだって、人が亡くなるのは悲しい。それが誰であっても同じ。いや、まったく同じではないが、悲しいことは悲しい。まるっきり知らない人だとしても、亡くなったと聞けば、ぼんやりとは悲しい。知ってる人なら、はっきりと悲しい。

そこで成親くんがわたしに寄ってきて、言う。

「おばさん。こんにちは」

「あら、どうも。お悔《く》やみを申し上げますよ」

「今日はご足労いただき、ありがとうございます。お店、だいじょうぶですか？」

「うん。おかげさまでどうにかやってるよ。まあ、ぎりぎりだけどね」

「いえ、そうではなくて」

「ん？」

「今日、だいじょうぶですか？　えーと、人員的に」

「あぁ、そういうこと。うん。だいじょうぶ。嫁に見てもらってるから。どっちにしろ、お客さんは大して来ないし。成親くんの会社のほうこそ、忌引《きびき》で成親くんが抜けちゃって、だいじょうぶ？」

「抜けるも何も、そもそも会社に行ってませんし。完全にテレワークなので」

「あぁ。リモートとかいうあれ？」

「それです。仕事は家でしてますよ。いや、家とも限らないですけど。まあ、あちこちでやってます。じゃあ、失礼します」

「どうも、ご丁寧に」

頭を下げて、成親くんが去る。

多鶴が言う。

「ごめんなさいね。何か、軽くて」

「いえ、そんな」

「普通のスーツじゃなくてちゃんとした喪服を買いなさいよって言うんだけど、成親は、黒だからこれでいいよって」

「まあ、黒ならいいでしょ」

「締めてた黒ネクタイも、あれ、お父さんのだからね。葬儀に当の故人のネクタイを締めて出るって何なのよ、と言いたくなるわよ。親が亡くなってるんだからもっとちゃんと悲しみなさいよ、とも言いたくなる」

「悲しんではいるんでしょ」

「いるのかねぇ」

「見せてないだけよ」

「大人なら、ある程度は見せるべきなんだけど。もう大人も大人。四十も過ぎてるのに。ほんと、困っちゃう。遅くにできた子だから、わたしたちが甘やかしすぎたのかねぇ」

「いやぁ。立派な息子さんで、うらやましいくらいよ。成親くんみたいな人がいてくれるから、わたしたちの生活がいろいろ便利になってるんだろうし」

「なってるかねぇ。わたしら年寄りはどんどん置いてけぼりにされちゃう。年寄りに役立つことを、何か考えてほしいもんだわよ」

「まあ、それは確かに」

「なんて、息子の愚痴《ぐち》を言う場じゃないわね、ここは。あぁ。わたしも初さんと同じ。後家さんになっちゃったよ。いや、この歳で後家さんもないか。たいていの女が最後にはそうなるんだから」

「女のほうが、長く生きちゃうもんね」

「そうそう。そうならないためには、よほど歳下の男と結婚するしかない。でも結婚する若いときにそんなことは考えない」

「わたしたちのころは、歳上と結婚するほうが圧倒的に多かったし」

「そうだったねぇ。三つも四つも歳下の男と結婚したら、女のほうがたぶらかしたくらいに思われたよ。実際、そういう人もいたけど」

「今もいるでしょうね。多いでしょうね」

「上にたぶらかされるのも困るけど、下にたぶらかされるのも困るよ。成親が二十代なんかと付き合いだしたら気をつけなきゃ。でも結婚したあとに言われたら、気をつけるも何もないか。って、また成親の話だ。今は富作の話をしなきゃね」

そんなことを言って、多鶴さんは笑う。

よかった。そんなには落ちこんでないように見える。

「ただ、わたしも成親のことは言えない。何か不思議だよ。ダンナが逝《い》っちゃったのに、変に落ちついてる。お迎えの順番が歳上のダンナに先に来た、くらいに思ってる。涙、出ないね。わたし自身がもう歳ってことなのかな。なのかなも何も、八十なんだから、歳よね」

「わたしもあと二年。なっちゃうんだね、八十なんて歳に」

「なっちゃうねぇ。勇吉さんが亡くなったのは、いつだっけ」

「十二年前。勇吉が七十のとき」

「初さんは？　いくつだった？」

「四歳差だから、六十六か」

「あぁ。まだそんなだったんだ。じゃあ、泣くかもね。泣いた？」

子どもみたいなその質問がおもしろくて、ちょっと笑う。

「わたしも泣きはしなかったような」と答える。

葬儀で泣きはしなかった。が、一度も泣かなかったわけではない。思ったよりは泣いた。一人でいるときにふとあれこれ思いだし、自然と涙が出た。すでに六十六歳だから、溢《あふ》れ出る、というほどではない。滲《にじ》み出る、という具合。

もう十二年なのか、とあらためて思う。早い。歳をとると、一年どころか、十年があっという間に過ぎてしまう。

さすがに、富作さんの葬儀でわたしが火葬場まで行くことはなかった。最後にもう一度多鶴さんにお悔やみを言って、わたしは葬儀場をあとにした。

そこから新柴又駅までは、柴又街道をまっすぐ。歩いて十分もかからない。わたしでも迷わない。

今回は、葬儀。しかも、一人。かつて勇吉とそうしてたように柴又駅まで足を延ばしたりはしない。道がよくわからないからでもあるし、喪服を着てるからでもあるが。

ただ、柴又。

思いだす。どうしても思いだしてしまう。帝釈天や寅さん記念館のことを。というよりも、勇吉のことを。

勇吉は、人気映画シリーズ『男はつらいよ』が好きだった。

主人公の寅さんこと車寅次郎《くるまとらじろう》を演じる渥美清《あつみきよし》のことを、スターだなぁ、といつも言ってた。アラン・ドロンにも負けてない。顔では負けてても、役者としては負けてない。一人であんな存在感を出せる役者なんて、ほかにいないだろ。

映画のＤＶＤの全巻ボックスも持ってる。自分で買ったのではなく、清道と咲子さんにもらった。それが発売された年の翌年の誕生日プレゼントとして、二人がくれたのだ。

残念ながら、勇吉は、二、三作しか観られてない。その後三年ほどで亡くなってしまったから。ＤＶＤボックスは今も家にある。わたしも観ようとは思うが、観てない。一人では、なかなか観られない。

シリーズのなかでも、勇吉は、宇野重吉《うのじゅうきち》と太地喜和子《たいちきわこ》が出てる回が好きだった。第十七作『男はつらいよ　寅次郎夕焼け小焼け』。宇野重吉が日本画家役、太地喜和子が芸者役をやった映画だ。舞台はもちろん柴又と、兵庫県の龍野《たつの》市。当時は龍野だったが、今はよそと合併してたつの市になってるらしい。

勇吉と重吉。名前が似てるからと、勇吉はちょっと喜んでた。いや、ちがう。それはわたしが言ったのだ。日比野勇吉と宇野重吉。吉だけじゃなく野まで一緒じゃない、と。そう。対して勇吉は、だからどうということでもないだろ、と笑った。

『男はつらいよ』は、確か、わたしたちが結婚した年にテレビドラマとして始まった。

勇吉もわたしも、それはほとんど観てない。放送が午後十時からなので、観られなかったのだ。豆腐屋は朝が早いから。ということはつまり、夜も早いから。

ビデオなどない時代。テレビでの放送を観られなければ、それで終わりだった。ほかに観る手段はなかった。

だがドラマの評判がよかったらしく、翌年には映画がつくられた。そしてシリーズにもなった。初めの何作かは、立てつづけに公開されたはずだ。

その第一作の『男はつらいよ』を、勇吉と二人で観に行った。場所は上野の映画館。上野松竹デパートに入ってたそれ。日曜日だったこともあり、かなり混んでたのを覚えてる。

第一作の三ヵ月後ぐらいにはもう公開された第二作『続・男はつらいよ』も、たぶん観に行った。

そのあとは、しばらく空《あ》く。映画自体は公開されてたが、わたしが妊娠し、清道を産んだからだ。

勇吉が一人で映画を観に行くことはなかった。行ってきなよ、とわたしは言ったのだが、一人ではいいよ、と勇吉は言った。二人で行ったとしても、観てるときは一人じゃない、ともわたしは言ったのだが、でもいいよ、と勇吉は言うのだ。

それで。わたしが清道を産み。少しは店を手伝いつつも清道を育てて。

久しぶりに勇吉と二人で観に行ったのが、『男はつらいよ　寅次郎夕焼け小焼け』だった。清道はまだ小学校入学前。だがお義父さんとお義母さんがやはり見ててくれるというので、行ったのだ。

『男はつらいよ　寅次郎夕焼け小焼け』は、確かにおもしろかった。マドンナ太地喜和子が演じる芸者ぼたんの悲しさを隠した明るさには、わたしもちょっと泣いた。寅もさくらもよかったし、おいちゃんもおばちゃんもいつも以上によかったな、と勇吉も言った。

それからはまたちょこちょこ観に行くようになった。

わたしも『男はつらいよ　寅次郎夕焼け小焼け』は好きだが、それは二番め。一番好きなのは、第三十作『男はつらいよ　花も嵐も寅次郎』。田中裕子《たなかゆうこ》がマドンナを務めた回だ。

わたしの目当ては田中裕子ではなく、こちら。その相手役の沢田研二《さわだけんじ》。ジュリーだ。

沢田研二はわたしより三歳下。本当にカッコよかったし、うたも抜群にうまかった。『勝手にしやがれ』とか『カサブランカ・ダンディ』とか。ほかの男性歌手には出せない色気があった。

ただ、この映画でやったのは、地味で奥手な男性の役。それがまたよかった。

わたしが沢田研二のファンであることは、勇吉も知ってた。渥美清とはちがうけど、あいつもまたスターだな、と言ってた。あんなスターになると、どんな気がするものなんだろうな。いつも追いまわされたりして、あれはあれで大変だろうな。おれは豆腐屋のせがれでよかったよ。

その豆腐屋に、帰る。

新柴又のすぐ隣、京成高砂で北総線から京成本線に乗り換えて、三つめ。青砥《あおと》、お花茶屋、堀切菖蒲園《ほりきりしょうぶえん》。

たかが四駅の移動ではある。だがわたしも後期高齢者。ただでさえ高齢者なのに、後期。そこまでになると、自分の駅に戻ってくるだけでほっとする。あぁ、帰ってこられた、と思う。ここまで来れば、何かあっても、まあ、どうにかなる。そんなふうに思える。

下りの階段はちょっとこわいので、エレベーターを利用させてもらう。

まさに後期高齢者になったあたりから、階段は本当にきつくなった。疲れるのは上りだが、こわいのは下りだ。万が一転んだら、どうにもならない。だから、もう手すりをつかまないで下りることはない。エレベーターはエレベーターで、乗りきらないうちにドアが閉まりはじめたりするとちょっとこわいが。

そのエレベーターで一階に下り、PASMOでピッとやって改札を出る。キップ代わりになるカードだ。十数年前に清道がつくってくれた。これならいちいちキップを買わなくていいし、バスにも乗れるから便利だよ、と。

こういうのは何だかお金を吸いとられるみたいでいやだったが、つかってみたら本当に便利だった。今はもう、堀切菖蒲園から新柴又まではいくらだとか、そんなことは考えない。堀切菖蒲園でピッとやって入り、新柴又でもピッとやって出るだけだ。

カードに入ってるお金が足りなくなるのはこれまたこわいから、チャージというやつだけは頻繁にする。二万円入れておけるらしいが、残りが一万五千円ぐらいになるともう不安になる。だから結局は券売機でちょこちょこチャージしてしまう。

その堀切菖蒲園駅から店までは、歩いて五分強。後期高齢者のわたしだからそれ。若い大人なら五分だろう。

堀切二丁目にある、日比野豆腐店。日々の豆腐店。名字が日比野だからたまたまそうなっただけだが、いい店名だとわたしは思ってる。

人は日々豆腐を食べる。豆腐が嫌いだという人はそんなにいない。その嫌いな人でもない限り、一ヵ月に一度も、いや、一週間に一度も豆腐を口にしないことはないだろう。だがそれでは足りない。もっと食べてほしい。もっともっと食べてほしい。豆腐を食べて悪いことなど一つもないはずだから。

店があるのは、菖蒲園と同じく、駅の南側。そのままずっと下っていけば、同じ京成でも線がちがう押上《おしあげ》線の四ツ木駅に着く。

菖蒲園は、葛飾区がやってる植物園。そのもの花菖蒲園だ。二百種六千株もの花菖蒲が植えられてるらしい。花が見ごろとなる時季は前後一時間延びたりもするが、いつもは午前九時から午後五時まで開いてる。そう。一応、閉まるのだ。それでも、無料は無料なので、公園という扱いでいいのだと思う。

その菖蒲園の西には二本の川がある。綾瀬《あやせ》川と荒川。細い綾瀬川と太い荒川が並行して流れてる。

綾瀬川は、細いといっても、町なかを流れる川としては太い。幅が五十メートル近くある。その四倍はある荒川にくらべれば細いというだけ。

荒川はもう、はっきりと太い。同じ東部の江戸川や隅田川、西部の多摩川と並んで、東京を代表する川、という感じがする。

二つの川のあいだは細長い陸地になってる。幅は二百メートルもない。そこにいくつもの野球場があったり、堀切水辺公園があったりする。家は一つもない。公衆トイレがあるくらいで、建物もない。まあ、緑地。散歩と運動くらいしか、できることはない。逆に言うと、とても贅沢な場所だ。東京の、なかでも二十三区に、そんな場所は多くないだろうから。

信号のある横断歩道を一つ渡る。そこからは住宅地内の細い道を歩いて店に戻る。

出入口のところに、ちょうど咲子さんがいる。

「あ、お義母さん、おかえりなさい」

「ただいま」

とりあえず会話はそれだけにして。

まずは、もらってたお清めの塩で邪気《じゃき》払いをする。裏の玄関から家に入るときにやるつもりでいたが、まあ、いいか、と思い、そこでやってしまう。小袋の端《はし》を破《やぶ》り、胸、背中、足もと、の順に塩をふりかけ、手で払う。

やることはやるが、これ、本当は不要だとわたしは思ってる。故人を穢《けが》れた存在として扱うようで、何かいやなのだ。

だがこうして塩を渡されると、やはりやってしまう。ご遺族はご遺族で、葬儀に参列したこちらに気をつかってくれたわけだから。実際、わたしが遺族の立場になったときも、用意した。

葬儀社の人にわざわざ、お清めの塩は要りません、と言うことはなかった。

「店の前でこんなことやっちゃいけないね」とわたし。

「だいじょうぶですよ。清めてるところをちゃんと見せてるわけだから」と咲子さん。「どうもおつかれさまでした。いや、おつかれさまでしたは変ですね。ご遺族にも失礼だ」

「疲れてないようで、疲れたよ。もうばあさんだからさ、電車に乗るだけで疲れちゃう。席に座れても疲れる。座って立ってとやるだけで疲れるよ」

「今日はゆっくり休んでください。お店にはわたしがずっといますから」

「いや。ちょっと休んだら出るよ。店番くらいはできる。やっぱり座ってるだけだし。咲子さんも、何かやることがあるんでしょ？」

「まあ、少し」

「じゃあ、それやって。店はわたしが見るから」

「その前にちょっと休みましょう。お茶、入れますよ」

「だいじょうぶ。自分でやるよ。わたしが咲子さんのも入れる」

「すいません」

二人で店に入る。

店といっても、狭いスペースだ。冷蔵ショーケースが一つあるだけ。売場としては、本当にそれだけ。奥にトイレと小部屋がある、その小部屋でお茶を入れるくらいはできる。

それらのわきが作業場になってる。豆腐をつくる場所だ。こちらのほうがずっと広い。蒸気ボイラや煮釜やフライヤー、それに包装機や冷蔵庫などが置かれてる。衛生面での問題から、作業場は完全に独立してなければならない。だから売場とのあいだにもガラス戸がある。

一階はほぼそれだけ。二階と三階が住居だ。

そう言うと、立派な家を想像してしまうかもしれないが、そんなことはない。東京の住宅地によくある縦長の三階建てだ。土地が広くないからしかたなく上に伸ばしたという。

勇吉から清道の代になる前、清道が咲子さんと結婚するときにそうした。二階と三階を増改築した。孫の令哉《れいや》が生まれることも見据《みす》えてだ。住居は二階だけでそこに三世代だとさすがに狭いので。そのときまではそうしてたが、実際、狭かったので。

だから、それでやっと普通の二階建てと同じ感じだ。二階三階の住居だけで言えば、３ＬＤＫ。二階にＬＤＫとフロトイレがあり、三階に三室がある。決して広くはない。わたしの部屋は四畳半の和室だ。仏壇を置いてるから、まさに仏間。あとは布団を敷《し》いたらもういっぱい。わたしがそこで寝てると、咲子さんや令哉は拝《おが》めなくなる。

日比野家。もともとは三人家族。清道が咲子さんと結婚して四人になり、令哉が生まれて五人になった。今はまた三人。戻ってしまった。

人は死ぬ。それはしかたない。避けられない。

が、この家の者で次に死ぬのはわたし。

そこはそうでなきゃいけない。

絶対にそうでなきゃいけない。


個人経営の豆腐店はどこもきつい。

ウチはきつくないです。楽ですよ。儲《もう》かってます。そう言えるところは一軒もないのではないかと思う。

現に豆腐店は減ってる。大手の豆腐会社が製造を自動化して安い豆腐を大量生産するようになって、一気に減った。

それらの豆腐は本当に安いのだ。大豆の高騰もあって今は少し上がったが、一時期はスーパーで一丁三十円ということもあった。わたしらの十分の一に近い値だ。それでは勝てない。競争相手にもなれない。

手作業で豆腐をつくると、どうしても時間がかかるのだ。ウチの場合、ざっくり言っても五時間はかかる。しかも、大量にはつくれない。

もちろん、味で負けることはない。食べくらべてもらえば、ウチの豆腐のほうがおいしいことはわかる。食感がまるでちがうこともわかる。わかってもらえる。そこは自信がある。ただ、スーパーで売られてる安い豆腐も、ちゃんと豆腐ではあるのだ。まずいなんてことはない。一定の品質は保《たも》たれてる。

豆腐は、味噌汁の具になる。つまり、人が頻繁に買う食材でもある。だからこそ、きつい。頻繁に買う食材で、値段が十倍近いほうを選べるか。選べない。豆腐屋のわたしでさえ、そう言うしかない。

ウチで一番高いのは、日比野純木綿《じゅんもめん》、と、日比野青絹《あおぎぬ》。どちらも一丁四百円だ。

これはそのまま食べてもらってもいい。大豆、を充分感じてもらえるはずだ。満喫してもらえるはずだ。好きな人は、醤油も塩もかけないで食べてくれる。常連客の岩橋義正《いわはしよしまさ》さんなんかは、それで一丁食べてくれる。わたしと同じ七十代なのに。

豆腐でほかにあるのは、定番商品の、日々の木綿、と、日々の絹。寄せ豆腐の、日々のおぼろ、など。

日比野純木綿も、初めは、日比野木綿、になる予定だった。だがそれだと、日々の木綿、と音が同じになってややこしい。お客さんがまちがえてもいけない。ということで、日比野のほうに、純、を付けた。

豆腐以外にあるのは、厚手や薄手の油揚げに、様々ながんもどき。

ウチで扱うのはそのくらいだ。それ以上はつくれない。

昔はお客さんがボウルなんかを持って買いに来たものだが、今はもうそんなことはない。豆腐は初めからパックに詰めて売ってる。そこはスーパーと同じだ。個人店でもほとんどがそうだろう。

豆腐は繊細な食べもの。傷《いた》みやすい。水分が多いから、どうしてもそうなる。ウチは消費期限を三日にしてる。適切に冷蔵保存されてればもう少しだいじょうぶなはずだが、念のため、三日。

一度でつかいきらずに残りを保存しておくなら、パックから容器に移してほしい。移したうえで、豆腐が浸《ひた》りきるぐらいに水を張る。蓋《ふた》をして、冷蔵庫で冷やす。そしてこれをやってくれない人が案外多そうなのだが、その水は毎日換えてほしい。

日比野豆腐店。営業は、午前十時から午後六時まで。これはあくまでも店を開けてる時間。豆腐をつくる作業はもっと早くに始める。わたしは毎日午後九時半に寝て午前三時半に起き、五時前からつくる。それは昔からそうだ。休みは日祝のみ。その日だけは何もしない。完全に休む。

支払いはこれまでずっと現金のみにしてたが、咲子さんのすすめもあって、去年、ＰａｙＰａｙを導入した。

お義母さん、ウチもＰａｙＰａｙを入れましょう。

咲子さんにそう言われたときは何のことかと思った。一瞬、パンダの顔が頭に浮かんだ。

スマホアプリをつかったキャッシュレス決済サービスです。

そう言われてもよくわからなかったので、さらに詳しく説明してもらった。

実は今でもよくわかってない。店の人間として最低限のことを覚えただけだ。ＰＡＳＭＯと同じで便利であることはわかった。現金が不要。釣り銭を自分たちで用意しなくてすむなら、それは確かに便利だ。

店に来てくれるお客さんは、一日三十人ぐらい。ただし、日による。あくまでも平均で三十人。来ない日は三人ということもある。例えば大雨の日にわざわざ豆腐を買いに出ようという人はいない。

時間帯としては、午前十時から正午、午後一時から三時が多め。夕方は少ない。冷奴《ひややっこ》として食べるため、夏の夕方は多いが。

曜日では、土曜が一番多い。なかには、咲子さんがつくったホームページを見て、よそから車で来てくれる人もいる。

常連さんもそれなりにいるが、必ずしも近所の人というわけではない。昔にくらべて、範囲は広くなったような気がする。だがそれは言い換えれば、近所に住む常連さんは少なくなったということでもある。

かつては学校給食の卸《おろ》しもやってたが、もうやってない。やるなら配送もしなければならない。従業員が全部で三人は必要になるのだ。

だから今は、店頭販売と通信販売のみ。きつい。本当にぎりぎりだ。どうにか我慢を続けてる、という状態。

わたしの夫勇吉は、日比野豆腐店の二代目。初めから店を継ぐつもりでいた。佐賀富作さんと一緒にやった日雇い仕事は、継ぐ前の助走。ある意味では遊びとも言える、単なるアルバイトだった。

初代は日比野民造《たみぞう》さん。わたしのお義父さんだ。その妻が弓代《ゆみよ》さん。わたしのお義母さん。弓代さんの旧姓は、森重《もりしげ》。本州の西端、山口県から東京に出てきて民造さんと知り合い、結婚したという。森重は山口に多い名字だそうだ。

民造さんは厳しかったが、弓代さんは優しかった。それでわたしは相当ほっとした。商売をやってる家の姑《しゅうとめ》。会う前はもう、こわい印象しかなかった。いびられて毎日泣かされるにちがいない。手にできたあかぎれに塩をすり込まれるにちがいない。そう思ってた。

そんなことはまったくなかった。いびられることはなかったし、泣かされることもなかった。あかぎれにはこれがいいよ、と弓代さんはわたしにオロナイン軟膏《なんこう》を買ってくれさえした。

民造さんも、厳しかったのは勇吉にだけ。わたしには優しかった。勇吉に厳しい言葉を浴びせたり、時には頭を叩《たた》いたりもしたから、わたしが勝手にこわがってただけだ。民造さんがわたしに対して同じようにふるまったことは一度もない。血のつながった息子だから厳しくしてるだけ、と弓代さんが密《ひそ》かに教えてくれた。勇吉もそれをわかってるからだいじょうぶ。

お義母さんはそう言ってたけど、そうなの？　とわたしも密かに勇吉に訊《き》いたことがある。そうだよ、と勇吉は答えた。初が来てだいぶおとなしくなった。今ぐらいなら痛くもかゆくもないよ。

勇吉とわたしは、見合結婚だ。わたしたちのころはまだそれが当たり前にあった。

初ちゃん、お見合してみない？　豆腐屋の息子さんなんだけど。

父方の伯母にそう言われた。

断ろうと思えば断ることもできた。実際、億劫《おっくう》ではあったので、断ることも考えた。気になる人がいるから、という軽めのうそぐらいはついてもいいかと思った。が、親戚にうそをつくこと自体がまた億劫でもあり、気になる人もまったくいなかったので、会ってみることにした。写真の勇吉はとてもまじめな顔をしてた。その写真は確かまだ白黒だった。カラーで見たのは、直接会ったときが初めてだ。

カラーの勇吉も、やはりまじめな顔をしてた。だが少しも笑わないとか、少しも冗談を言わないとか、そんなではなかった。

見合がおこなわれたのは、料亭とまではいかない和食店。その座敷席で勇吉は、それしか好きなものがないからと、豆腐の話ばかりした。木綿がどうの、絹ごしがどうの。

変な人だな、と思った。だがわたしも豆腐は好きだから、飽《あ》きずに話を聞いてられた。少しは質問もした。木綿と絹ごしのちがいを初めて知ったのはそこでだ。

豆乳に凝固剤を加えて固めたものを一度崩《くず》して水分を絞《しぼ》ってから再び固めたのが木綿。木綿よりも濃い豆乳に凝固剤を加えてそのまま固めたのが絹ごし。木綿は水分を絞るので栄養分が圧縮される。だが水分を絞ることによって出てしまう栄養分もある。そんなわけで、どちらがいいと一概には言えない。栄養面でくらべたときにわずかなちがいが出るだけ。だから、どちらもいいとは言える。

勇吉はそんなふうに説明した。

わたしはやわらかい絹ごしのほうが好きです。

わたしがそう言うと、勇吉は言った。

僕もです。でもほんの少しの差です。

その見合は次へとつながった。わたしたちはまた会うことになった。

そして会うのは三度めというとき、勇吉は早くも言った。

結婚してください。

早いな、と思ったが、まあ、見合ならそんなものなのかな、とも思った。

はい、とわたしは言った。それだけでは何だか偉そうなので、こう続けた。よろしくお願いします。

大して迷わなかった。勇吉のことは気に入ってたし、つくり立ての豆腐を毎日食べられるのはいいな、と思ってもいたのだ。そのころはまだ、姑がどうのとか、そんなことは考えなかった。

家が豆腐店。店が家。わたしは埼玉県越谷《こしがや》市の実家を出て、そこに住んだ。

朝が早いのはつらかったが、すぐに慣れた。ただ時間をずらすだけ。別に寝る時間を削って朝早く起きるわけではないのだ。規則正しい生活を続けたことで、体調はむしろよくなった。

お義父さんとお義母さんは、勇吉とわたしがまだ四十代のうちに相次《あいつ》いで亡くなった。

民造さんが亡くなる何年か前に店の代替わりはすませてたので、その意味での問題はなかった。すでに勇吉が店主になってはいたのだ。

弓代さんも亡くなったあと、だいぶくたびれてきた店の看板を新しくすることになった。

日比野は読めない人もいるからカタカナにするか、と勇吉は言った。ヒビノ豆腐店にする、ということだ。

いや、読めるでしょ、とわたしは言った。読めなくても問題はないでしょ。

民造さんが始めた日比野豆腐店でなくすべきではないと思ったのだ。たとえ看板の文字が変わるだけだとしても。一方で、自身の代になって何か変化をつけたいという勇吉の気持ちも理解できた。が、カタカナではやはり安っぽいような気がした。わたしまでもがヒビノ初になってしまうような気もした。

勇吉も思いつきで言っただけではあったらしく、看板は替えたものの、結局、日比野は変えなかった。それは今もそのままだ。

白地に黒文字で、日比野豆腐店。シンプルな毛筆体。文字を大げさに崩したりはしてない。日比野が読めないどころではなく、文字そのものが読めないとなっては困るので、その感じにしたのだ。

だから今もちゃんと読める。またくたびれてきてはいるが、看板自体はしっかりしてるので、まだ替える必要はない。わたしが生きてるうちはだいじょうぶだろう。替えたくない。豆腐屋だから看板は白にしたい。勇吉がそう言った。わたしもそう思う。

店が休みの日曜日には、勇吉とよく散歩に出た。近場も近場。歩いて五分で行ける場所。堀切菖蒲園だ。花菖蒲が咲いてない時季も行ったが、咲いてる五月六月は毎週行った。午前中に行き、午後にまた行ったりもした。わたしよりも勇吉が花を好きだったのだ。

花菖蒲はいいな。日本の花という気がするよ。

勇吉はよくそんなことを言ってた。

でも実は外国の花でした、と言われたら、そうも思えちゃうでしょ。

わたしが意地悪でそんなことを言うと、あっさりこう言った。

そうだろうな。花のことなんて、おれは何も知らないから。

花のことを何も知らないのに花が好きな男は悪くない、とわたしは思った。だがそうは言わず、代わりにこんなことを言った。

豆腐以外にも好きなものがあるじゃない。

見合のときに豆腐しか好きなものがないと勇吉が言ったことに対しての言葉だ。

自身覚えてたらしく、勇吉は言った。

そう言われてみれば、そうだな。花菖蒲は好きだ。

堀切菖蒲園は、六年前に改良工事を施《ほどこ》されてきれいになった。橋などはバリアフリーになり、トイレも広くなった。子ども用の遊び場もできた。

が、勇吉は今のその姿を知らない。わたしは逆で、前の姿を忘れかけてる。大きく変わったわけではないのだが、前はどうだったのか、はっきりとは思いだせなくなってる。これは何でも同じ。店でも家でもそうだ。建て替えられたりすると、前の姿をいつの間にか忘れてしまう。今見えてるものに、前あったものを置き換えられなくなるのだ。

菖蒲園は決して広くない。園内をただ歩くだけなら十分もあれば充分。それでひとまわりはできてしまう。すべての道を歩けてしまう。

勇吉はそこをゆっくりと、何度も歩いた。さっきはこっち向きに歩いたから、今度はそっち向きに。度々足を止めるとか、屈《かが》んで一つの花を観るとかではなく、ただただゆっくり歩くのだ。自身が無数の花菖蒲に囲まれるのを楽しむ、という感じで。わたしもそれに付き合った。花菖蒲に囲まれて勇吉とゆっくり歩くその時間を楽しんだ。

で、園内を二十分ほど歩き、家に戻る。その往復と合わせて三十分。日によってはそれを午前と午後の二度。という具合。午後の二度めはわたしもついていかないことがあった。が、買物などの用事がなければ、やはりついていった。

午前と午後の花菖蒲は、まったく同じではないのだ。花そのものが変わるわけではないが、朝日の下で観るそれと夕日の下で観るそれとでは、多少印象が変わる。

それは勇吉も言ってた。

朝のほうがきれいだけど、おれは暗くなる前の花菖蒲のほうが好きだな。

あとは、これもよく言ってた。

こんなとこにタダで入れるんだから、いい。葛飾区は偉い。

わたしもそう思う。この規模の植物園でお金をとってしまったら、来る人は減るだろう。花が咲く時季だけお金をとるというのも変。だが今のこれはいい。お金をとらないぎりぎりのところでどうにか質を保ってる。がんばってる感じはする。

菖蒲園。もう毎週ではないが、わたしは今もたまに行く。月に一度ぐらいは行ってるはずだ。

行ったら、前以上にゆっくり歩く。好きでそうしてるわけではない。そうなってしまうのだ。もう七十八歳だから。

歩くたびに、葛飾区は偉い、と言ったときの勇吉の笑顔を思いだす。それを勇吉は何度も言ったが、言うときは必ず笑ってた。わたしも聞くたびに笑った。

多鶴さんにも言ったように、勇吉は十二年前に亡くなった。

七十歳。早い。当時でも、平均寿命より十年ぐらいは早かったはずだ。

がんだったが、そんなには苦しまなかった。苦しむ時間は短くてすんだ。それはすなわちあっさり逝ってしまったということでもあるが、苦しみながら長く生きるよりはそのほうがよかったとわたしは思ってる。

店を頼むな、と最期に勇吉は言った。わたしと清道にだ。

幸い、わたしは清道とともに最期の瞬間に立ち会うことができた。あと二、三日かもしれないと医師の先生に言われてたから、毎日病院に行ってたのだ。

そのときは、咲子さんが店を見てくれてた。確か、有給休暇をとって会社は休んでたのだ。令哉も家にいた。いよいよあぶないとなったら、店を閉めて二人も駆《か》けつけることになってた。だが咲子さんと令哉は残念ながら間に合わなかった。店を頼むな、とうわごとのように言ってから十分で勇吉は静かに逝ってしまった。

医師の先生にそれを告げられたとき、はい、とわたしは言い、ありがとうございました、と清道は言った。わたしも清道も、その場で泣くことはなかった。

年齢や性別から考えても、わたしより勇吉のほうが先だろうと思ってはいた。実際にそうなった。一つ終わった感じがした。これからがわたしの余生。そんな感じもした。

そして勇吉の葬儀を終えたときに思った。わたしが生きてるあいだにもうこれ以上悲しいことはないだろうと。

そうはいかなかった。あったのだ。勇吉の死をあっさり超えてくることが。

くらべることではない。それはわかってる。わたしもくらべて考えたわけではない。そうではないが、超えてしまった。あっさりと。

わたしにとってこれまでで一番の喜びは、日比野清道が生まれたこと。

もちろんわたし自身が産んだのだが、清道は、生まれた。生まれてきてくれた。

わたしにとって一番の悲しみは、日比野清道が亡くなったこと。

そして世界で一番嫌いなのは、コロナだ。だって、清道の命を奪《うば》ったんだから。

それはもう、まさかだった。予想してなかった。するわけがない。できるわけがない。

四年前。年明けからコロナの報道が連日されるようになった。

初めはすぐに収まるのかと思ったが、その反対、暗雲は一気に広がった。これは本当にまずいことになりそうだと、誰もが理解した。やがて緊急事態宣言が発令され、本当にまずいことになった。

町からは人が消え、多くの店が閉まった。日比野豆腐店も閉めた。

全員がマスクを着けるようになった。結果、マスクが品切れになった。着けたいが買えない。

そんな状態にもなった。

特に高齢者と基礎疾患がある人があぶない。かかると亡くなる可能性が高い。そんなこともわかってきた。

母ちゃんはもう歳なんだから気をつけろよ、と清道は言った。本当に気をつけましょう、と咲子さんも言った。

もちろん、わたしは気をつけた。かかると高熱が出て息もできなくなってとても苦しい、と聞いてたからだ。亡くなるのはこわいし、苦しい思いもしたくない。だからマスクも着けたし、手洗いもした。豆腐をつくるときと同じように、何かに触ったら必ず手を洗った。外出もしなくなった。スーパーでの買物は、清道と咲子さんが代わりにしてくれた。

そして、清道がかかった。

体調に異変を感じると、清道はすぐに検査を受けに行った。感染が判明し、そのまま入院した。

その時点で、わたしたち同居家族も検査を受けた。令哉も咲子さんもわたしも、感染してはいなかった。

清道はわたしの息子。高齢者ではない。基礎疾患があるわけでもない。だからだいじょうぶ。万が一はない。そう思ってた。思うようにしてた。

その万が一が、起きてしまった。一度は落ちついたはずの容体が急変し、清道は亡くなった。まさにいきなりだ。勇吉のときとちがい、最期の瞬間に立ち会うことはできなかった。いや、最期の瞬間にも何も、まず、会うこと自体ができてなかった。感染のおそれがあるので、見舞は不可。家族でも患者に会うことはできなかったのだ。何度か電話で話せただけ。

最後の電話では、咲子さん、令哉、わたし、の順で、それぞれ三十秒ぐらいずつ話した。それが限界だった。清道は熱が出てて、ノドがひどく痛むようだったから。

あぁ、きついわ、と清道はわたしに言った。これはきつい。母ちゃんは、だいじょうぶね？具合、悪くないね？

だいじょうぶ。悪くないよ。

わたしはそう返した。

清道はさらに言った。

悪くなったら、咲子に言えよ。我慢すんなよ。

自分がわたしにうつしてしまってないか。清道はそれをすごく心配してた。その後すぐに逝ってしまったから、最期まで不安だったはずだ。

わたしは清道にうつされなかった。ここまでまだコロナにかかってもいない。咲子さんも令哉もそう。わたしたちはだいじょうぶ。たぶん、あのときも、清道がすぐに離れてくれたからたすかった。無事でいられた。

そのことをどうにか伝えたいが、伝えられない。清道がどこからか見ててくれればいいなと思う。お化けとして出てきてくれてもいい。清道なら、出てこられてもこわくないはずだ。わたしも、咲子さんも、令哉も。

結局、清道は勇吉と同じ病院で亡くなった。五十歳。七十歳で亡くなった勇吉より二十年早い。平均寿命より、ということであれば三十年。早すぎる。

勇吉の次に逝くのはわたしだと思ってた。まさか清道になるとは。まさか息子の清道が先に逝ってしまうとは。

勇吉のときとはちがった。苦しむ期間は短くてすんだからよかった、とはとても思えなかった。苦しませたくはないが、もっと長く生きてほしかった。このときはさすがに泣いた。葬儀の場でも泣いたし、家でも連日泣いた。もうすでに七十代だったが、涙はいくらでも出た。抑えることはできなかった。

咲子さんも泣いたし、つられるようにして令哉も泣いた。祖母と母がともに大泣きしてれば十三歳の息子だって泣く。泣かずにはいられなくなる。そう思ったからか、咲子さんはなるべくこらえた。こらえにこらえて掃除をし、洗濯をし、日々のご飯をつくった。それを見てわたしが泣き、ばあちゃんも泣かないでよ、と令哉も泣いた。それを見て咲子さんも泣いた。

清道が亡くなって三ヵ月はそんなだった。

清道の葬儀は、多鶴さんも言ってた家族葬にした。

もちろん、そうしたかったわけでも、お金をケチったわけでもない。清道の学生時代からの友人はわたしも何人か知ってる。その人たちには来てほしかった。実際、言えば来てくれたと思う。が、すぐには言わなかったし、葬儀にも呼ばなかった。わたしたちが病院に見舞に行けなかったのと同じ。無理だったのだ。まだまだコロナは続いてたから。

清道の携帯電話を見れば、友人たちの電話番号はわかる。だがそれで咲子さんやわたしが電話をかけるというのも何なので、住所までわかる何人かにその年の年賀欠礼という形ではがきを出した。何人かに伝えれば、その周りの何人かにも伝わるだろうと思って。

以後、線香を上げるために訪ねてきてくれた友人は二人いる。

一人は、まだ堀切に住んでる江間房興《えまふさおき》くん。一人は、もう住んでない細越公直《ほそこしきみなお》くん。細越くんはわざわざ世田谷区から来てくれた。ありがたい。

どちらも、来てくれたのは去年。コロナが落ちついてからと、気をつかってくれたようだ。もう店は普通に開けてたので、お礼に豆腐とがんもどきを持たせた。世田谷の細越くんの分は保冷剤と一緒にくるんで。

その江間くんと細越くんはともに大学に行ったが、清道は行かなかった。行きたいと言ったこともない。わたしがそれとなく訊いたときも、いいよ、と答えた。豆腐屋をやるんだから、大学に行く必要はないし。

家が豆腐屋でなければ行く気はあった、ということなのだと思う。

別に勇吉が無理に豆腐屋を継がせたわけではない。実際、継げとはっきり言ったことは一度もない。中学生のころにはもう清道自身が店をやるようなことを言ってたので、言う必要がなかったという感じだ。継いでからも、勇吉が、かつての民造さんのように厳しく指導することはなかった。

あいつは飲みこみが早い。おれはあっという間に抜かれるよ。

それが勇吉の清道評だ。

亡くなったから言うわけではないし、親だからひいきして言うのでもないが。できた息子だったのだ、清道は。ちゃんと、勇吉の息子だった。

清道が生まれたときは、本当にうれしかった。

清道が店を継いでくれたときも、本当にうれしかった。

清道が咲子さんと結婚したときも、やはりうれしかった。

そして令哉が生まれたときも、もちろんうれしかった。これまたくらべるものではないが、清道が生まれたときと同じぐらいうれしかった。

それは自分でも意外だった。孫が生まれたうれしさに、息子が親になったうれしさも加わってそうなったのだと思う。

あとは。清道が亡くなったあと、咲子さんがそれまで勤めた会社をやめて店をやってくれたこともうれしかった。もとから思ってはいたが、あぁ、本当にいい嫁だったのだと、あらためて思った。

清道が咲子さんを初めて家に連れてきたのは、ちょうど二十年前。清道が三十四歳のときだ。

個人で豆腐店をやってるのだから出会いが多いはずもない。それはわかってた。勇吉とわたしがそうしたように、そろそろ見合でもしてもらったほうがいいのか。わたし自身、少しはそんなふうに考えるようにもなってた。

そこへ、清道が咲子さんを連れてきた。そして言った。

おれ、この人と結婚するから。

滝井《たきい》咲子さん。歳は清道より五つ下。会社員。その会社は、家具やインテリア用品の店を運営してる。今は当時よりずっと大きくなってる。

結婚しても仕事は続けると、咲子さん自身がでなく、清道が勇吉とわたしに説明した。子どもができたら休みはするがまた戻るつもりだと。

勇吉もわたしもそれでよかった。清道の嫁に店を手伝わせる気はなかったのだ。むしろ安心した。勤め人と一緒になってくれるのはいい、いざというときの保険になる、とわたしは考えてた。

あとでそう言うと、勇吉は言った。

まあ、そこまではいいよ。清道と一緒になってくれるだけで充分だ。

それを聞いて、保険などと考えてしまった自分を恥ずかしく思った。

確かに、一緒になってくれるだけで充分なのだ。そのうえ同居もしてくれるというのだから不満はない。近くにアパートを借りて清道はそこから店に通う、なんてことになったらどうしよう、と実は案じてもいたのだ。

咲子さん自身のことは、よさそうな人だと思った。ものごしはやわらかい。そして、取り繕《つくろ》ってそうしてる感じはない。我が強い感じもない。ちょっと失礼だが、言ってみれば、無難。

勇吉とわたしが反対する理由などなかった。むしろ咲子さんのご両親に清道を受け入れてもらえるかが心配だった。

自営業。しかも豆腐屋。自分で言うのも何だが、この先つぶれる可能性もある。普通なら不安だろう。

そのご両親、滝井英男《ひでお》さんと和子《かずこ》さんは、清道をすんなり受け入れてくれた。咲子さんは長女だが、第二子。上に長男の英敦《ひであつ》くんがいてくれたのが大きかったのだろう。英敦くんは信託銀行の社員。しっかりした人なのだ。

咲子さんと結婚し、令哉が生まれ、勇吉は亡くなった。その後も、決して楽ではなかったが、清道はどうにか店を切り盛りした。前よりも厳しいなかでやっていたのだから、経営の才覚は勇吉よりあったのかもしれない。

そんな清道が亡くなったことで、わたしは絶望の淵《ふち》に落とされた。

いいことなど何もない、とそのときは思った。これまでにあったよかったこと、うれしかったこと。すべて帳消しになってしまった。そう思ってた。

そんなこともないと、今は思ってる。

清道が亡くなった悲しみはこれからも消えないが、それで清道が生まれた喜びが消えるわけでもない。悲しみと喜びはまったく別のこと。悲しみで喜びが帳消しになったりはしないのだ。

清道が生まれたこと。店を継いでくれたこと。咲子さんと結婚したこと。令哉が生まれたこと。咲子さんが店をやってくれたこと。

喜びは、結構ある。


福《ふく》に餌をやる。

脚付きの食器にドライフードを出し、いつもの場所に置く。台所の床だ。

察したのか、福が居間からやってくる。そして一度わたしを見る。わたしがうなずくと、カリカリ食べはじめる。

「おいしい？」とわたしが訊き、

「ミャア」と福が答える。

まあ、に聞こえる。まあ、おいしい、だ。

「そうかい。ならよかった。少しずつゆっくり食べな。そうしないと、誤嚥《ごえん》性肺炎になっちゃうからね」

猫も誤嚥性肺炎になるのかは知らない。人はなる。高齢者と呼ばれる歳に達してからは、注意するようよく言われる。実際、誤嚥はこわい。

若いころは、食べものが気道に入ってしまうと、せきが出て、自然と口内に戻されたりした。苦しいことは苦しいが、ただそれだけですんだ。

歳をとると、そう簡単にはいかなくなるのだ。息ができなくなり、涙が出る。せきが出て食べものが口内に戻ったあとも、しばらくは息ができなかったりする。吐くだけで、吸いこめない。肺に空気が入っていかないのだ。

五十代の終わりごろからそうなることが増えた。何度かそんな経験をしたので、最近は特に気をつけてる。それでも、歯をみがいてるときに歯みがき粉混じりの唾液《だえき》が気道に入ってしまうこともあるから、本当にこわい。

そんなときに、あぁ、やはり歳をとったのだな、死はわたしにも着実に近づいてるのだな、と思う。

そういうこともあって、この家の者で次に死ぬのはわたし、と言ったのだが。もしかしたら、福が先になるかもしれない。猫の平均寿命は十五年ぐらいらしいから。

福はオスで、今、十歳。人間で言うと、五十代半ば。猫だから若く見えるが、もうおじさんだ。

勇吉が亡くなった二年後に飼いはじめた。わたしが望んだわけではない。飼おう、と清道が言った。わたしのために言ってくれた。勇吉を失ったわたしがそれで元気まで失ったように見えたのだ。たぶん。

食べもの屋に動物がいたらまずいでしょ、とわたしは返したが、もちろん作業場には入れないよ、店にも入れない、とさらに清道は返した。

そこまでの流れはこんなだったらしい。まず、清道の知人の飼猫が子を産んだ。もらい手を探してると聞き、清道は思った。ウチで飼うのは？

実際、作業場に入れるのはダメ。厳禁。ただ、作業場は完全に仕切られてる。家の二階から一階へ階段で下りられはするが、二階と一階、どちらにもちゃんとドアが付いてる。開けたら必ず閉める、を徹底すれば問題ない。猫が階段に入りこめたとしても、作業場へは行けない。だから、だいじょうぶ。飼うことは可能。

飼いたい飼いたい、と令哉も言った。まあ、そうだろう。犬や猫を飼いたい？ と訊かれ、飼いたくない、と答える七歳児はそういない。

そんなわけで、飼うことが決まった。猫をウチにもらい受けることになった。

飼主は母ちゃん、ということで、清道は名前もわたしに付けさせてくれた。それは令哉に付けさせればいいと思ったが、ばあちゃん付けて、とその令哉自身も言った。まあ、咲子さんに言わされた感じではあったが。

結局、わたしが付けた。猫に適した名前なんてタマや三毛《みけ》ぐらいしか思いつかなかったが、タマだと『サザエさん』の磯野家と同じだし、三毛猫ではないので三毛も変。ただ、短いほうが呼びやすいだろうとも思ったから、福にした。漢字で福だ。日比野福。

福は、黒白ぶちのハチワレ猫。ハチワレは、八割れ。顔の毛の色が額《ひたい》から鼻のあたりではっきりと分かれてる。両外側が黒で、真ん中が白。その模様が漢字の八のように見えるから八割れだ。

家に来たときはまだ〇歳。生後二ヵ月。子猫も子猫。小さかった。だが一年でもう今ぐらいになった。それからは、デブ猫になることもなく、家出をすることもなく、穏やかに毎日を過ごしてる。猫らしく、気分次第で甘えたり甘えなかったりして。

猫は犬とちがって家族に上下関係の意味での順位をつけはしないが、好き嫌いでの順位をつけはするらしい。そう言われてみれば、確かに、福が令哉を低く見てる感じはある。餌をやるのはたいていわたしか咲子さんだからだろう。

その餌は、主にドライフード。福が今カリカリ食べてるこれだ。同じものばかりでは飽きるだろうと、たまにはウェットフードも出す。水分を含むやわらかめの餌。人間用にも見えてしまいそうなあれだ。

猫に与えてはいけない食べものもある。例えば、ねぎやイカやチョコレート。飲みものでは、コーヒーや紅茶や緑茶。意外なことに、猫の好物との印象もあるかつおぶしも、とり過ぎはよくないという。

で、これは咲子さんがインターネットで調べた。

豆腐は、猫に食べさせてもだいじょうぶ。ただし、絹ごしと木綿のみを、加熱して、少量。なかには大豆アレルギーを持つ猫もいるから、注意は必要。

大豆アレルギー。豆腐屋にしてみればいやな言葉だが、幸い、福にそれはないらしい。豆腐を出せば食べる。味をどう感じてるのかはわからないが、ぺろりと食べてくれるのだから、まずいと感じてることはないだろう。

前は餌を一日二回にしてたが、福も歳をとってきたので、今は一日四回にしてる。老猫は消化機能が低下するため、一回に多く食べると下痢をしたり嘔吐したりしてしまうらしいのだ。

そのあたりは咲子さんの指示どおりにしてる。言うことを聞いておけばまちがいない。咲子さんがインターネットをつかえる人でよかった。

わたしも、携帯電話でそれをつかうことができないわけではないが、何だかよくわからない。知りたいことに自力でたどり着けることのほうが少ない。指で画面をトンとやるたびに変な広告が出てくるから、もうそれだけでいやになってしまう。下手にいじるとあぶないとも聞くので、すぐに接続を切ってしまう。

そんなだから、最近は調べたいことがあったら令哉に頼むようにしてる。令哉はすごい。咲子さんより速い。左手に携帯電話を持ち、親指だけでトントンやってしまう。すぐに答にたどり着いてしまう。富作さんの葬儀に行ったときも、堀切菖蒲園で何時何分の電車に乗れば何時何分に新柴又に着くから、とわずか数秒で教えてくれた。京成電鉄の人かと思った。

ゆっくりと餌を食べる福の頭をひと撫《な》でし、よっこらせとわたしは立ち上がる。

そしてドアを開けてすぐに閉め、狭い階段を下りる。ちゃんと手すりをつかんで下りる。初めはなかった手すり。清道が業者さんに頼んで、あとから付けてくれた。確か、勇吉が六十歳になるときだ。

まだそこまで衰えてないよ、と勇吉は言ったが、そう言えてるうちに付けとこう、と清道は言った。だがそれ、実は咲子さんの提案だったらしい。咲子さんが清道にすすめたのだ。早めにそうしておいたほうがいいんじゃない？　と。

階段を下りきって一階のドアを開け、またすぐに閉める。作業場を通り抜けて、店に戻る。お客さんはいない。わたしが二階に上がってたあいだに来たということもないだろう。来て店に誰もいなければ、声はかけてくれるはずだから。少しぐらいなら店を無人にしてもだいじょうぶ。お金はカギがかかる引出しに入れてあるし、二階に行くときはそのカギをちゃんとかける。

今日は平日。お客さんはここまで六人。数えられる。午後三時でそれだから、ダメな日だ。六人のうち、常連さんは二人。樋浦朋衣《ひうらともい》さんと宇藤琴音《うとうことね》さん。ともに近所に住む人だ。

朋衣さんは、今、五十歳。わたしと同じ自営業。美容室をやってる。

定休日は月曜と火曜。週休二日だ。ほんとは三日、いや、四日にしてもいいくらい、と本人は言ってる。お客さんはほとんどが予約客。飛びこみ客がそう来るわけでもない。ダンナが会社員だから、本当に週休四日にしても困りはしないのだろう。

わたしも一応、客だ。もうパーマをかけたりはしないし、今さら白髪染めもしない。歳をとっても髪は伸びるから、カットだけしてもらう。

安い客で悪いね、といつも言う。

いえいえ、よそに行かないでくださいよ、と朋衣さんはいつも言ってくれる。

よそは遠いから行けないよ。ここが一番近い。

そんな理由でウチですか？

ちがうよ。ちゃんと言ったとおりに切ってくれるからだよ。

よそさんは言ったとおりに切らないですか？

そういうわけじゃないけど。なるべく早くまた来させたいのか、そんなに短くしてくれないんだよ。

それはあれですよ、これじゃ短すぎ、と言われるのをおそれてるんですよ。長すぎならまた切ればすむけど、短すぎだと、どうしようもないから。

わたし、そんな文句は言わないよ。言いそうなばあさんに見られるのかな。

初さんはしっかりした人に見られるんですよ。

あら、うまいこと言うね。

と、まあ、切ってもらうときはいつもそんな話をする。それ自体が楽しい。

わたしが美容室の客だから、朋衣さんもウチのお客になってくれる。昨日の月曜は来なかったから今日は来てくれるかな、と思ったら本当に来てくれた。いつもどおり、日々の絹と厚手の油揚げを買ってくれた。

もう一人の琴音さんは、今、三十二歳。こちらは自身が会社員。実家が堀切で、今は一人暮らしをしてるが、そのアパートもまた堀切にある。

母親の風月《ふづき》さんに結婚しろしろ言われるから家を出たらしい。もしも事実なら実家とあまりに近すぎる気もするが。遠くに住んだとしたってお母さんはどうせ電話かけてきますし、と琴音さんは言ってる。何だかんだで親子仲は悪くないのだ。

風月さんも、ウチでよく豆腐を買ってくれる。宇藤風月だから、名前にもう、とうふ、が入ってる。前にわたしがそれを言ったら、あ、ほんとだ、と驚いてた。そんなのお豆腐屋さんしか気づきませんよ、と。

樋浦朋衣さんと宇藤風月さん琴音さん親子。スーパーでほかのものと一緒に買ってしまえばそれですむのにわざわざ豆腐だけを買いに来てくれるのだから、ありがたい。

一戸建てでもアパートでもそう。今、フロがない家はほとんどない。にもかかわらず、都内のあちこちにまだ銭湯はある。探せば結構ある。苦しいことは苦しいだろうが、やってはいけてるのだ。

フロがないから行くのではない。銭湯に行きたいから行く。広い湯船にゆっくり浸かりたいから行く。そんな人たちが一定数いるのだと思う。

豆腐屋もそれと同じようなものだろう。スーパーでも豆腐は買えるが、その店の豆腐を買う。たまにはちょっといい豆腐を食べる。食べたくなる。そんな人たちも、まだ一定数いてくれるのだ。本当にありがたい。

冷蔵ショーケースの奥の丸イスに座ってわたしがそんなことをぼんやり考えてると、ガラスの引戸が開き、店に人が入ってくる。

「いらっしゃい」と立ち上がる。

「こんちわ」とその人が言う。

お客さん、としてはかなり珍しい部類。若い男性だ。二十代前半。髪は茶を通り越して、金。灰色というよりは銀色に見えるジャケットを着てる。若手演歌歌手に見えないこともない。だがこの人、初めてではない。前に二回ほど来てくれてるはず。

男性は冷蔵ショーケースの前に屈み、なかを見る。商品の種類がそんなにあるわけではないが、一つ一つを吟味してるらしい。

前の二回は何を買ってくれたのだったか。豆腐だったか、がんもだったか。そこは後期高齢者、よく覚えてない。というか、まったく覚えてない。来てくれたことは覚えてるから、よしとする。

それとなく訊くのも変なので、わたしははっきり訊いてみる。

「前にも来てくれたよね?」

敬語ではない。言葉は自然とくだけたものになる。

「そうっすね」と男性もよりくだけた敬語で答える。「えーと、三回来てんすかね。今日で四回めか」

「あら、そんなに?」

「たぶん。もう少し、何ていうか、若い人のときもありましたよ」

「あぁ。わたしじゃないときだ」

「はい」

咲子さんが店番をしてたとき、だろう。

すんなり答えてくれたので、これも言ってしまう。

「お客さんみたいな人が来てくれるのは珍しいよ」

「おれみたいな、というのは」

「若い男の人」

「あ、そうすか」

「うん。この辺の人？」と突っこんだことを訊いてしまう。

「ですね。同じ堀切。駅の向こうのアパートに住んでますよ。ちょっと前に引っ越してきました。船堀《ふなぼり》から」

「船堀っていうと、都営新宿線？」

「はい」

「ボートレース場がある辺りだ」

「ボートレース場、前のアパートから近かったです。だから試しに舟券を買ってみたこともありますけど、惨敗でした。つーか、全敗です。なのでそこでやめました。こりゃ無理だなと思って」

「賢明だよ。勝てるわけない。みんなが勝ってたら、胴元がやっていけないんだから」

「ですよね」

「で、こっちに来たんだ？」

「はい」

「堀切の、四丁目とか？」

「いえ、六丁目です」

「じゃあ、ここまで結構あるよね」

「まあ、そうっすね」

「そこから歩いてきたの？　来てくれたの？」

「はい」

「何分かかる？」

「でも十五分くらいですよ」

「十五分は長いでしょ」

「散歩がてらなんで、そうでもないっす。豆腐、好きだし」

「あら、うれしい。ありがとう」

「おれ、実家が富山なんですよ。北陸の」

「えっ。じゃあ、地震、だいじょうぶだったの？」

「ウチは、どうにか。ただ、やっぱかなりデカかったみたいです」

「帰った？　そっちに」

「いえ、まだ。もうちょっと落ちついたら一度帰ろうかと」

「うん。そうしたほうがいいよ」

「富山って、地震は少ない県だったんすけど、こうなっちゃうと、もうわかんないですね。ここは安全なんてとこは、日本にはないのかも」

「そうだね。東京だって、三十年以内には大きいのが来るみたいなこと言われてるし。言われだしてから、もう何年も経《た》っちゃったよ。こわいねぇ」

「こわいっすね。マジでこわいっす」

「で、何だっけ」

「豆腐、ですね。昔、隣の家が豆腐屋だったんですよ。だからウチ、豆腐はそこで買ってたんすよね。けどおれが中学生のときに店を閉めちゃって」

「あらら」

「スーパーなんかにくらべたら高かったけど、そこの豆腐、やっぱうまかったんすよね。もう、何か、豆感がちがうというか、大豆が濃いというか。最近それを思いだして、調べてみたらここにも豆腐屋さんがあって。一度買ってみたらうまかったんで、今日もまた来ました」

「それはほんとにうれしいよ。ありがとね。ウチ、日曜と祝日以外はやってるから。午前十時から午後六時まで」

「みたいですね。ホームページで見ました」

「この時間に来られるっていうことは、学生さんなの？」

「いえ。大学は去年の三月に卒業しました。単位ギリで、あぶなかったです。ほんとにぴったり。あと一つ落としてたらアウト。マジで留年するかと思いました」

「でも卒業できたんだ？」

「どうにか」

「じゃ、今は会社勤め？」

「いや、さすがにこの髪では」

「あぁ」

「クラブ勤めですよ」

「クラブ」

「はい。クが強いクラブじゃなくて、ラが強いクラブ。ホステスさんとかがいるほうじゃなく、ＤＪとかがいるほう」

「へぇ。って、よくわかんないけど」

「まあ、あれです。デカい音で曲をかけてみんな踊ってる、みたいなとこです」

「そこで働いてるんだ？」

「はい」

「踊ってるの？」

「おれは踊らないです。踊らないで働いてます。おばあちゃんと同じ、店側の人間です」

「わたしは、ただ店番をしてるだけだよ」

「おれもそうですよ。まさに店番です。前はホストをやってたんすけど」

「ホストって、あれ？　女のお客さんをもてなすとこ？」

「それです。もてなしてました」

「でも、大学を出たばかりなんでしょ？」

「大学にいるときからやってましたよ。そのときはバイトですけど」

「あれって、大学生もいるの？　というか、大学生がやっていいの？」

「いけなくはないですね。実際、やってましたし。卒業してからもそのままちょっとやったんですけど。でもその店はやめて、今は上野のクラブにいます。ホストクラブはやめて、ただのクラブです。だから船堀からここに引っ越しました」

「あぁ。上野だから」

「はい。歌舞伎町は都営新宿線で行けたんですけど、上野だとこっちのほうが行きやすいんで。家賃もちょっと安いし」

「京成でも、青砥とか京成高砂とかのほうが便利なんじゃない？　ほかの線にも乗れるし」

「それも考えたんですけど。何か、川の近くがよかったんですよね。いざ引っ越そうとなったときに、そう思いました。また川の近くがいいなって」

「青砥も京成高砂も、中川が近いけど」

「でもあの辺は河川敷がないんですよ。だから、あれか、川の近くというより、荒川の近くがよかったんですね。船堀は中川と荒川で、こっちは綾瀬川と荒川ですけど、とにかく荒川があるほう」

「確かに、川に挟まれた公園はいいよね」

「いいっすね。今日みたいな休みの日は、荒川小菅《こすげ》緑地公園まで歩いたりもしますよ。いい散歩コースになるんで。こないだこの店に来たときは、その前に堀切菖蒲園にも行ってきました。タダで入れるというのを知って。なら行ってみようと」

「花、咲いてなかったでしょ？」

「咲いてなかったっすねぇ。けど、それは別にいいです。咲いてたとこで、おれは花とか観てもよくわかんないんで。といっても、ホスト時代はお客さんに花束とかプレゼントしてましたけどね。あれはやっぱ値段のわりに喜ばれるんで。よくわかんないまま買ってました。その赤いの、とか、黄色いの、とか店員さんに言って。それじゃダメだとホストの先輩に言われましたよ。花言葉ぐらい覚えとけって」

「まあ、仕事でそういうのを扱うならね。でもそうでないなら、わかんなくていいのよ。たくさんの花に囲まれて、あぁ、きれいだなぁ、と思ってればそれでいいの。そう思えるならもう勝ち。ちゃんと花に楽しませてもらえる人ってことなんだから」

「おぉ。それもいいっすね。ちゃんと花に楽しませてもらえる人。じゃあ、今度は咲いてるときに行って、そうなります。あぁ、きれいだなぁ、と思います」

「観る前から思おうとしなくていいわよ。観て、思ってよ」

「そうっすね。観て、思います。カノジョができたら一緒に連れてきて、思わせます」

「カノジョ、いないの？」

「いないです。大学時代にホストのバイトをやってることがバレてフラれて以来、しばらくいないっす」

「カッコいいのにねぇ」

「おれ、カッコいいですか？」

「カッコいいじゃない。でもちょっと派手かな」

「元ホストですからね。で、そうだ。花はいつ咲くんですか？」

「五月半ばぐらいだね」

「かなり先っすね。けど、まあ、そこまでにカノジョをつくれるよう、がんばるか」

ここまで話したのだからもういいか、と思い、言う。

「名前、訊いてもいい？　何くん？」

「ヨウジです。クロタニヨウジ」

黒谷陽治、だそうだ。

「名前もカッコいいね」

「そうっすか？　そう言われたのは二回めです。前は、タクシーの運転手さん。その人のほうがおれより何倍もカッコよかったんですけどね。あんたがホストやれよ、と思ったくらいで。うん。実際、おれがホストをあきらめた最初のきっかけは、あれだったのかもな。タクシードライバーにもこんなカッコいい人がいるのにおれがホストとか無理だろ、と思っちゃったこと。って、そう言われても、わけわかんないっすね」

「わけわかんないけど。黒谷くんがホストをやめてくれてよかったよ」

「え、何でですか？」

「堀切に引っ越してきて、ウチで豆腐を買ってくれるから」

「あぁ。それは、おれもよかったです。近くにいい豆腐屋さんがあって」

「近くでもないけどね。で、今日はどうする？」

「うーん。前から気になってたこの、日比野純木綿、にします。これって、もうちょっと安いこっちの、日々の木綿、とどうちがうんですか？」

「昔から日本にある在来大豆とにがりと水だけでつくってんの」

「へぇ。だから純なんだ」

「それは、ただカッコつけてるだけ」

「カッコつけてるんすか」と黒谷くんが笑う。

「うん。つけてる」とわたしも笑う。

「あと、この、梅しそがんもどき、ももらいます。梅はいいっすね。やられます。おれは桜より梅のほうが好きです。だって、梅は食えるから」

「このあと、すぐ帰る？」

「帰ります」

「じゃあ、帰ったらすぐに冷やしてね」

「はい。そんなにすぐ傷んじゃうんですか？」

「傷みはしないんだけど。長いこと外に出しとくと、味が落ちちゃう可能性はあるから」

「わかりました。速攻冷やします」

「パックを開けたら、残った分はちゃんと水に浸して冷やしてね」

「了解です。つーか、たぶん、残さないです。おれ、そのまま食ったり味噌汁に入れたりして、一度に一丁いっちゃうんで」

「ならだいじょうぶだ」

「もうちょっと安かったら、毎日でも食うんですけどね」

「もうちょっと安かったら、ウチはやっていけないのよ」

「そう、なんでしょうね」

「ごめんね」

「いえ。そんなことにならないようなるべく買いに来ますよ。店がなくなられたら困るから」

「ありがと。何か悪いね、ベラベラ話しちゃって。若くてカッコいい人が来たから、ついつい
しゃべっちゃったよ」

「ホストをやめてからはベラベラ話す機会もないんで、おれもありがたいですよ。そもそも、ベラベラ話したいからホストになったようなとこもあるんで」

「そうなの？」

「今思えばそうです。話好きなんすね、要するに。けど、さすがにコンビニで店員さんとベラベラ話すわけにもいかないし。下手すりゃ通報されちゃうんで」

「ウチは通報しないからだいじょうぶ」

「たすかります」

お金をもらい、お釣りを返す。

「あ、ＰａｙＰａｙつかえるんすか？」

「うん。どうする？　そっちにする？」

「いや、今日はもうこれで。次からそっちにしますよ」

次。店にとってはうれしい言葉だ。

日比野純木綿と梅しそがんもどきを袋に入れて、渡す。

「そんじゃ、どうも」

「ありがとうございました」と最後は敬語で言う。

黒谷くんが出ていくと、店はもとどおり。静かになる。

若い人はいいな、と思う。いるだけで場が明るくなる。特に黒谷くんみたいな人だと。

これで今日のお客さんは七人。まだ少ない。だがこの黒谷くんは本当にうれしい。もちろん、あとの六人もすべてうれしいが、黒谷くんはなおうれしい。二十代で一人暮らしの男性。豆腐店からは一番縁遠そうな人だから。

そのあとはパラパラと五人のお客さんが来てくれて。

午後五時前には七太《ななた》くんも来てくれる。

毛利《もうり》七太くん。十歳、小学四年生。近くのアパートに住んでる。ここから歩いて二分ぐらいのところだ。だから七太くんがよく一人で豆腐を買いに来てくれる。母親の麻奈《まな》さんに頼まれてるのだ。

一人で伺わせることもあると思いますのでよろしくお願いします、と麻奈さんに言われている。ここ五年ぐらい、毛利家はウチで豆腐を買いつづけてくれてるのだ。だから七太くんのことは保育園児のころから知ってる。

「こんにちは」

「あら、七太くん、いらっしゃい。ごめんね。令哉、まだなのよ」

令哉がいれば、いつも裏の玄関から二階に上がってもらう。福と遊んでもらうのだ。

だが令哉はまだ帰ってない。今日は部活があるのかもしれない。

「今日もいつものでいい？」

「うん」

いつもの。日々の絹と、薄手の油揚げ。毛利家はもっぱら絹ごし派。小さな子がいるお宅はそうなることが多い。子どもはやはり絹ごし豆腐のあの滑《なめ》らかな食感が好きなのだ。プリンのそれも好きなように。

「四年生だと、もう六年生と同じぐらい授業があるの？」と訊いてみる。

「そう。六時間」

「六時間は長いねぇ」

「でも一時間は四十五分だよ」

「あ、そうか。小学校の授業の一時間ていうのは、そうなんだね。ただ、それでも長いよ。わたしなんて、そんなに長く店番をしてられない」

「してないの？」

「してるけど。そんなに長くイスに座ってはいられないね。何かほかのことをしたり、福に餌をやりに行ったりしちゃうよ」

豆腐と油揚げの代金をもらう。麻奈さんがあらかじめ用意してるのだろう。七太くんはいつもぴったりのお金を持ってきてくれる。

値上げはできないな、とわたしはいつも思う。いきなり値上げをしたら、ごめんね、今日はこれじゃ足りないの、と七太くんに言わなきゃいけなくなる。それは言いたくない。

七太くんはこれまたいつも袋も自分で持ってきてくれる。エコバッグというあれだ。やはり麻奈さんに持っていくよう言われてるのだろう。

わたしはポリ袋に入れた豆腐と油揚げを、今度はそのエコバッグに入れてやる。

「はい、いつもありがとうね」そこでふと思ったことを口にする。「そういえば、お父さん、最近見ないね」

少し間を置いて、七太くんは言う。

「うん」

どこか力のない、うん。七太くんの顔が曇《くも》る。

もしかして、と思い、つい言ってしまう。

「体の具合が悪いんじゃ、ないよね？」

七太くんは小学四年生だから、お父さんの瑞郎《みずろう》さんはまだ四十前後。それでも人は亡くなってしまうことを、わたしは知ってるのだ。清道は十ぐらい上の五十歳だったが、四十歳ならもうわからない。何かあってもおかしくない。

「悪くないと思う」

七太くんのその言葉にひとまずほっとする。が、思う、は少し引っかかる。悪くない、という断定ではないのだ。

その先を訊くべきか迷ってるわたしに、七太くんが言う。

「もういないからわからないけど」

「え？」

「もう家にいない。出ていっちゃった」

「それは、えーと」

「お母さんと離婚した」

「そう、なの？」

「そう」

「あら、まあ。ごめんね。変なこと訊いちゃった」

ううん、だいじょうぶ、みたいなことを七太くんは言わない。そこは小学四年生。ただうなずくだけだ。

だが訊いて答えさせてしまった以上、わたしが何も言わないわけにはいかない。だから言う。

「じゃあ、今は麻奈さんと二人？」

「うん」

「それは、何、いつから？」

「去年。じゃなくて、その前。ぼくが三年生になるちょっと前」

だとすると、もう二年近く経ってるわけだ。知らなかった。そこでふと思い当たり、言う。

「あ、そうすると、七太くんはもう、毛利くんではないの?」

「うん。カンダ」

「カンダって、東京神田秋葉原の、神田?」

「そう。三年生の四月からそうなった。神田七太」

離婚はその少し前だが、三年生になるのを機に名字を変えた。麻奈さんの旧姓に戻した。そういうことだろう。

いやなことを言わせてしまったな、と悔やみつつ、わたしは言う。

「神田七太くん、もいいね。毛利七太くんもよかったけど、神田七太くんもいいよ。わたしはね、昔、石本《いしもと》。結婚する前だね。今はこんなにおばあさんだから、すご〜く昔」

名字が変わるなんてよくあることだよ、ごく普通のことだよ、というつもりで言ったのだが。伝わったかはわからない。男性の場合は変わらないのが普通だから、むしろ逆効果かもしれない。

「どっちがいい?」と七太くんに訊かれる。

「ん?」

「日比野とイシモト」

「あぁ。うーん。どっちもいいけど、今はもう日比野かな。そうなって長いからね。五十年以上経つよ」

そう、半世紀以上経つのだ。長い。

「ぼくは、まだ毛利」

「そうか。でも名字なんて何でもいいんだよ。そんなふうに、いろんな事情で変わったりするんだし。大事なのは名前。七太くんはずっと七太くん。そっちは変わらないんだから」

言ったあとに、本当にそうだよな、変わらないよな、と不安になる。まあ、変わらないだろう。誰もが納得するようなよほどの事情でもない限り、変えることが許されてもいないはずだ。

そのことについては何も言わない。七太くんが言うのはこう。

「じゃあ、豆腐、いただきます」

「召し上がれ。ほんとに、いつもありがとうね」

「うん」

七太くんは帰っていく。お父さんの瑞郎さんはいなくなってしまったアパートへ。

参った。

先の黒谷くん相手にベラベラ話したのはよかったが、七太くん相手にベラベラ話したのはよくなかった。ベラベラが過ぎた。神田麻奈さんの離婚を、息子の七太くんから訊きだした形になってしまった。豆腐屋のおばあちゃんに言った、と七太くんに言われたら、麻奈さんはいやな気分になるだろう。今度麻奈さんが来てくれたら、自分からそのことに触れて謝ろう。言われる前に言おう。

それにしても。離婚。毛利さんのところはとても仲がよかったのに。

瑞郎さんと麻奈さんと七太くん。三人で豆腐を買いに来てくれた。スーパーでの買物の帰りにわざわざ寄ってくれたりもした。これからはそんなことはないのだ。いや、わたしが知らなかっただけで、もうとっくになくなってたのだ。

と、そう考えて、胸がキュウッとなる。

もののたとえではない。七太くんの両親の離婚に胸が痛んだ、というようなことではない。現実的に痛い。時々、左胸のあたりが本当にキュウッとなるのだ。心臓を手でつかまれてねじられたような具合に。

「んんっ」と声が出て、その場にしゃがみ込む。

丸イスに座るのではない。しゃがむ。今はそうしたい。体を丸めたい。

苦しいが、誤嚥のときとちがい、呼吸はできる。息をゆっくり吸って、ゆっくり吐く。それを何度もくり返す。

幸い、痛みがそれ以上強くなることはない。その体勢でじっとしてると、少しずつ引いていく。

五分ほどそうしたあと、丸イスに座って、さらに休む。

十分ほどで、痛みは治まる。一応、なくなる。

そこへ、人が入ってくる。お客さんではない。令哉だ。

いつもは裏の玄関から入る。わたしが冷蔵ショーケースの奥の丸イスに座ってたので、店に誰もいないと思ったのかもしれない。

「あ、何だ。ばあちゃん、いたんだ」

「うん。おかえり」

わたしが右手を左胸に当ててるからか、令哉はさらに言う。

「ただいま」

「どうしたの？」

「どうもしてないよ。疲れたからちょっと休んでただけ」

「代わる？」

「いいよ。だいじょうぶ。二階におせんべいがあるから、食べな」

「うん」

「クッキーもあるよ。今、七太くんが来たから、出せればよかったんだけど」

「じゃ、おれはせんべいを食うよ。クッキーは残しとこう。次、七太くんが来たとき用に」

「食べちゃってもいいよ。また買っとくから」

「いや。クッキーは七太くんと一緒のときに食うよ」

令哉はずぼらなところもあるが、そんなふうに優しい。ちゃんと気をつかえる。さすが清道と咲子さんの子だ。

「せんべいって、どんなの？」

「黒豆の」

「豆腐屋なのにそこも豆？」

「豆腐屋だからそこも豆、だよ」

「おれはサラダせんべいがよかったなぁ、塩味の。でもいただきま～す」

そんなことを言いながら、令哉は出ていく。裏の玄関へとまわる。

日比野令哉。ずっと咲子さんに似てると思ってたが、最近、清道にも似てると思うようになった。大きくなって似てる部分が出てきた、ということかもしれない。

七太くんと同じで、令哉には父親がいない。だが今も日比野令哉。滝井令哉になることはなかった。七太くんと、事情はちがうのだ。

離婚したわけではないから、それが普通の形ではあるだろう。だが咲子さんが滝井に戻る選択をすることもできた。咲子さんはそうしなかった。そのことに感謝したい。

右手で左胸を軽くぽんぽんと叩いてみる。痛みはもうまったくない。

今日は急劇に冷えこんだから、それがよくなかったのかもしれない。冷えこみはこれからも何度かあるだろう。気をつけなきゃいけない。また冷えこみが来たら、咲子さんが買ってきてくれたヒートテックを重ね着するべきかもしれない。

だがとりあえず、よかった。

勇吉は平均寿命より十年早く逝った。わたしも、そのぐらいのところまでは来てる。ぽっくり逝けるならいい、と思わないこともない。

勇吉と清道に会えるのなら、本当にそれでいいような気がする。もういつでもいいような気もする。

その後数日、胸の痛みは出ない。冷えこみも来ない。代わりにその何倍もいいものが来てくれた。いや、ものではない。人だ。

店の引戸が開く。そちらに背を向けてたわたしは振り返って言う。

「いらっしゃい」

そこにいるのは、わたしと同年輩の女性。その女性が言う。

「久しぶり」

着てる喪服に目がいってしまい、すぐには気づけなかった。間を置いて言う。

「あぁ。ふじ」

中学時代からの友人、小杉《こすぎ》ふじだ。同い歳。越谷の中学で一緒だった。

「よかった。わかったわね」とそのふじが笑う。「一瞬、ひやっとしたわよ。初がぼけちゃって、わたしのことを忘れたのかと思った」

「それは笑えないよ」とわたしも笑う。「だいじょうぶ。忘れてないよ。最近もの忘れはひどいけど、ふじのことはちゃんと覚えてる。認知症になっても昔のことは忘れないってよく言うしね」

「確かによく言うけど。それって、どの程度なのかね。ひどくなれば自分の子のこともわからなくなるんだから、結局はほとんどのことを忘れちゃうんでしょ」

「でもわたしはだいじょうぶ。ふじがそんな格好をしてるから、今はそっちに気をとられただけだよ」

「お店もちゃんとあって、よかった」

「それもまだどうにか。嫁ががんばってくれてるからね」

「あぁ。清道くんの」

「うん。で、どうしたの？」

「ちょっとこっちに来る用があったのよ」

「こっちって？」

「町屋。親戚のとこ」

「町屋は近くもないよ」

「京成で一本じゃない」

「でも三駅あるし。わざわざ来てくれたってことでしょ？」

「いや、ほら、東京の東まで来ることはそんなにないから。久しぶりに初の顔も見ていこうと思って。久しぶりにここのお豆腐も食べたかったし」

東京の東。越谷はそちらに近いが、ふじは二十年以上前に実家を引き払ってるのだ。両親の死を機に。

「それはありがたいけど。何、お葬式？」

「そう。ダンナ方で、そんなに近くはない人なんだけど。そのダンナがちょうど寝こんじゃって。代わりにわたしが」

「寝こんだって？」

「カゼカゼ。インフルエンザでもないし、大したことない。だいじょうぶ」

と、それしかふじは言わない。清道がコロナで亡くなったことを知ってるからだ。インフルエンザは出すが、コロナの三文字は出さない。口にしない。

「それで、あ、そうだ、と思って寄ったわけ。前もって電話しようかとも思ったけど、まあ、初がいなくてもお豆腐は買うからいいやと」

「じゃあ、よかったよ、いて」

「いないこともあるの？」

「朝から豆腐をつくって疲れたときは、嫁に店番をしてもらうこともあるよ」

「初がつくってるなら、いつもしてもらいなさいよ。疲れたときだけじゃなくて」

「いや、嫁もつくってるから。ほかのこともしてるし」

「あぁ。何だ。高齢者を働かせて自分は楽をしてるのかと思った」

「そんな嫁じゃないよ」

「わかってるわよ。冗談。ほら、前に初がいない日に買いに来たこともあって。そのときに会ってる。すごく感じがよかったわよ。初よりよかったかな」とふじはさらに笑う。

「よかったと思うよ。べっぴんさんだし」とわたしもやはり笑う。

「でも、まあ、こうやって初に会えて何よりよ。元気そうで、それもまた何より。お互いもう歳だから、会えるときに会っておかないとね」

「そうだね。それこそ葬儀でもない限り、遠出をする気にはならないもんね」

「ほんとよねぇ。県を出ちゃうと、もう遠出。横浜から町屋は遠いわ」

「一時間ぐらい？」

「そうね。駅から駅までで一時間」

「ふじは横浜の、どこだっけ。それはいつも忘れちゃうよ」

「保土ケ谷《ほどがや》。ＪＲで横浜の一つ先。一時間を超えると、ほんと、遠いわ。新幹線の一時間ならまだいいけど、東京の電車での一時間はしんどい」

「もうあれでしょ？　コンサートとかは行かないんでしょ？」

「うん。さすがにね。何年か前までは行ってたけど」

そこでもふじは、コロナの前までは、とは言わない。相手がわたしでなかったら言うのだと思う。くだけてはいるが、そんなふうに気をつかってもくれるのだ、ふじは。だから付き合いも長く続いてる。

コンサートというのは、沢田研二のコンサート。ふじは、わたしどころではない沢田研二ファンなのだ。

ＣＤなんかも、出てるものはほとんど持ってる。五十代までは、東京や横浜でやるコンサートにもほとんど行ってた。ふじはすごいのだ。まあ、七十代の今もコンサートツアーをやれてる沢田研二自身もすごいが。

今日は寝こんでるというふじのダンナは、研一《けんいち》さん。沢田研二と同じ研で、研一だ。結婚する前に、ジュリーと同じだとふじは無邪気に喜んでたが、結婚してからは、ジュリーとのちがいにがっくりきちゃうわよ、と言ってた。

沢田研二とくらべられたら研一さんもかわいそうだ。敵《かな》うわけない。その歳の日本人のなかで一番カッコいい人、なわけだから。

ふじとは、中学校で同じクラスになって知り合った。三歳上のわたしたちが中学生だから、沢田研二はまだ小学生。デビューしてない。だから、沢田研二ファンということで気が合ったわけではない。ただただ気が合った。

当時のふじは、金杉《かねすぎ》ふじ。後に研一さんと結婚して、小杉ふじになる。

せっかく金の杉だったのに、小さな杉になっちゃったわよ。

というそれを、わたしはもう百回は聞いてる。

そりゃそうよ。わたし、あちこちで千回は言ってるもの。

というそのやりとりも、わたしたちはもう十回はしてる。お互いに結婚してもそれなりに会ってはいるということだ。

七太くんにも言ったように、わたしの旧姓は石本。石本初と金杉ふじ。そのころが懐かしい。

わたしがまだ勇吉と出会う前だ。前も前。十年ぐらい前。

わたしたちはどんな人と結婚するのかな。そんなことを、ふじとよく話した。

結婚自体できなかったりして、なんてこわいことをふじは言った。だがわたしより早く、すんなり結婚した。研一さんとの恋愛結婚だ。そこは賢明かつ冷静なふじ。研一より研二を優先したりはしなかった。夢の研二よりは現実の研一。決して現れないであろう白馬に乗った研二をいつまでも待つようなことはなかった。

今考えれば、わたしが勇吉と見合をすることにしたのも、ふじに先を行かれてあせったからでもあるのだ。あせったおかげで、勇吉と会えた。結婚もできた。あせらせてくれたふじのおかげだ。

研一さんは勇吉より一歳上。今、八十三歳。すでに平均寿命を超えたはずだが、まだ生きてる。よくないとこはちょこちょこありつつ、元気らしい。何よりだ。今は寝こんでるとしても、カゼなら治る。高齢者でも、そこで無理をして肺炎になったりしなければ、ちゃんと治る。だいじょうぶ。

結婚する前、研一さんはふじをふじさんと呼んでた。金杉さんではなく、ふじさん。名前にさん付け。何かいいな、とわたしは思ってた。富士山と同じ音だから言いたいだけよ、とふじ自身は言ってたが。

勇吉はわたしを初と呼んだ。結婚する前は石本さんで、結婚してからは初。初さん、はなかったはずだ。清道が生まれてからも、わたしを母さんやお母さんと呼ぶことはなかった。ずっと、初。呼び捨て。その代わり、お前と呼ぶこともなかった。常に名前で呼んでくれた。

わたしがどうだったかと言えば、清道に合わせて、勇吉をお父さんと呼んだ。人に勇吉のことを話すときだけは、そのまま勇吉。そこは夫でもダンナでもなく、そうした。やはり呼び捨てだが、そのほうが敬意は示せるような気がするのだ。

勇吉さんはカッコいいね。職人さんて感じがするよ。

ふじはよくそう言ってくれた。店に来てくれたとき、勇吉に直接そう言ったこともある。

勇吉はこう返した。

そんな大げさなもんじゃない。おれはただの豆腐屋だよ。

それを聞いて、この人と一緒になってよかったな、とわたしは思ったのだ。

「お豆腐、何がいい？」とふじが言い、

「ふじが好きなのにして」とわたしが言う。

「絹ごしと木綿。お豆腐屋さんは、どっちがいいの？」

「どっちもいいよ。ふじはどっちが好きなの？」

「木綿かな」

「だったら木綿にしな」

「じゃあ、この、日比野純木綿。あと、日々のおぼろっていうのももらう。寄せ豆腐なら、木綿よりやわらかいでしょ？」

「そうね」

「それをダンナに食べさせる」

「もしカゼでお腹もこわしてるなら、食べる前にちょっとあっためて」

「だいじょうぶよ。朝もヨーグルト食べてたし」

「まあ、そこはまかせるけど」

「横浜までなら問題ないよね？　もつよね？」

「一緒に保冷剤も入れておくよ。このあとすぐに帰って、冷蔵庫に入れて」

「うん。そうする。上野から上野東京ラインに乗るわよ。寄道もしない。中学のときみたいにまっすぐ帰る」

「中学のときは、してたけどね。寄道。公園とか駄菓子屋さんとかに」

「あぁ。してたしてた。駄菓子屋さんのときは、結構怒られなかった？」

「怒られた。先生にげんこつを食らったよ」

「女子なのにねぇ」

「うん」

「今日は寄らないわよ。駄菓子屋さんにも和菓子屋さんにも洋菓子屋さんにも寄らない。で、いくら？」

「いいよ、お金は。わざわざ寄ってくれたんだから」

「そんなわけにいかないわよ。寄りたくて寄ったんだから、ちゃんと払う」

「じゃあ、木綿の分はもらう。おぼろのほうはサービス」

「いいって」

「こっちもそんなわけにいかないよ。そのおぼろはお試し。もし気に入ったら、通販で買って。そっちでも売ってるから」

「あ、そうなの？」

「そう。それも嫁がやってくれた」

「じゃあ、うん、見てみる」

「ふじは見られるの？」

「ん？」

「インターネット」

「あぁ。そのぐらいは」

「わたしは無理。売ってるのに無理」

「これからはねぇ、お店なら、最低限そういうことはやらないとね」

「そうなんだろうね。だからこれも入れたのよ。ＰａｙＰａｙ」

「あ、そうなのね」

「これにする？」

「いや、現金で」

「お茶、飲んでいきなよ。入れるから」

「いい、いい。病人が待ってるし。早く帰ってお豆腐を食べさせるわよ」

「研一さんにもよろしくね」

「言っとく」

お金をもらい、豆腐を渡す。

「ありがとね」とふじが言い、

「こっちこそありがとね」とわたしが言う。

「今度ゆっくりご飯でも食べよう」

「そうね」

「横浜のほうに、もし来ることがあったら言って」

「ないと思うけど、あったら言うよ」

「じゃあね」

「じゃあ」

店の外に出て、ふじを見送る。喪服姿の七十八歳の女性。だが足どりはしっかりしてる。ヨタヨタしてはいない。

でも駅ではちゃんとエレベーターをつかいなさいよ。電車が来たからって、階段を急いで上ったりしちゃダメよ。

心のなかでそんなことを言ってから、わたしは店の看板を見る。白地に黒文字で、日比野豆腐店。

ふじが店に寄ってくれて、本当にうれしい。

こんなふうにうれしいこともあるのだ、生きてれば。

生きてるからこそ、あるのだ。それはまちがいない。

だから。生きてられるうちは、やっぱり生きてたい。

だがこのお店は、勇吉とわたしの代で終わりだと思ってる。清道が亡くなったあともわたしに店を続けさせてくれた咲子さんに感謝してるからこそ、そうするべきだと思ってる。だってあんた、きついでしょ、豆腐屋は。

断章　日比野福《ひびのふく》

我《われ》は猫である。名前はまだない。

と言いたいところだが。あるのだな。

福。日比野家の福だから、日比野福。これは福猫から来ている。日々の福っていうのはいいよ、と名付け親の初ばあが言っている。

幸運を呼びこむ猫。それが福猫らしい。そんなものが実在するのかは知らない。するとしても、我ではないだろう。残念ながら、我は福を呼びこめてはいない。少しも呼びこめていない、と言っても過言ではない。

何故《なぜ》って、日比野家の者たちが営む豆腐店の経営状態はあまりよろしくないのだ。お客さんは多くない。売れ行きもよくない。

日比野家の者たちの努力が足りないわけでは決してない。豆腐店というもの自体が困難な立場に置かれてしまっているらしい。先日、テレビのニュース番組でもそんなことが報じられていた。個人経営の豆腐店は減る一方であると。

にもかかわらず、我は毎日ご飯を頂いている。かつては二食だったが、今は四食頂いている。何だか申し訳ない。

と殊勝なことを言いつつ、手伝えることは何もないので、我はかように居間のソファでぐで～んとしているわけだが。前足は前に、後ろ足は後ろに、とそれぞれ伸ばしきっているわけだが。

我ら猫は、通常、丸まって座る。猫はこたつで丸くなる、とうたわれてもいる。

あの体勢、確かに座ってはいる。休めてもいる。だが同時に、即座に動きだせる体勢でもあるのだ。外敵が不意に現れたときにも対処できる。飛ぶように走りだすこともできる。

ただ。この日比野家で外敵が不意に現れることはない。襲われることは毛頭ない。ゆえに、ソファでぐで～ん、も可能になる。

我がこれをしていると、高校なるところから帰宅した令哉が、福、邪魔、などと言ってくる。時には尾を軽く引っぱって我をソファの隅《すみ》に寄せ、自身が座る場所をつくったりもする。

初ばあや咲子さんなら、我を抱きかかえて自身の大腿部に乗せてくれたりもするのだが、令哉はそれをしない。がさつなのだ。いや、初ばあがつかった言葉を借りれば、ずぼらなのだ。

令哉は、今、十七歳。だがこれはあくまでも人間の歳でだ。我ら猫の歳で言うと、ちょうど一歳ぐらい。ようやく子猫から成猫になるあたりだ。まあ、子人間。子人《こびと》。だからしかたがない。成猫になって長い我が、大目に見なければならない。

まだ子人間なので、令哉は労働をしていない。具体的には、豆腐をつくっていない。つくっているのは、初ばあと咲子さんだ。初ばあと咲子さんが豆腐をつくり、我や令哉のご飯も用意する。その他諸々、家の雑事もする。令哉だけが何もしない。我も何もしないが、令哉は人間なのに何もしない。

豆腐は、この下、一階でつくられている。そして我は、その一階に下りてはいけないことになっている。そうできないよう、細工を施されてもいる。

それでも、好奇心旺盛な子猫時代は、我もどうにか一階に下りてみようとした。

例えば、初ばあが二階のドアを開けたすきにスルッと階段に入りこみ、ストトトトッとそこを駆け下りた。だが無念。そこにもドアがあった。一階、階段を下りきった先にもそれがあるのだ。我はそこで初ばあに抱きかかえられ、二階へと連行された。それでようやく、日比野家の者たちは我を一階のそこに入れまいとしているのだと明確に理解した。

何故か。我が獣《けもの》だからだ。

獣。全身に毛が生え四足で歩く哺乳動物。確かに我は全身に毛が生えているし、四足で歩く。四足のほうはともかく、全身に毛が生えていることがよくないようだ。我のそのあたりが、豆腐製造に悪影響を与えてしまうらしい。

それで納得した。一階に下りられる代わりに全身の毛を抜かれては敵わない。だから一階に下りるのはよそうと決めた。そう決めたら、一階への興味もスッと消えた。今はもう、たとえ二階のドアが開いていても、我は階段を下りない。

一階には行けない我も、この上、三階には行ける。そこには、初ばあと咲子さんと令哉、それぞれの部屋がある。

初ばあのところだけが畳。木の床とちがって滑《すべ》らないその感触が好きなので、我もたまに行く。そこでもぐで〜んとする。あんたここでもぐで〜んとして、と初ばあに言われる。

その部屋には仏壇というものがある。初ばあは毎日その前に座り、手を合わせる。咲子さんと令哉もそうすることがある。咲子さんはほぼ毎日。令哉はたまに。

誰かがそこでそうしているときは、我もぐで〜んをやめ、両前足をまっすぐ下に伸ばして座る。自然とそうなるのだ。初ばあなり咲子さんなり令哉なりが背すじを伸ばして座っているのに合わせて。

咲子さんの部屋にも令哉の部屋にも、我は行く。その二つはどちらも床が木で、ベッドが置かれている。咲子さんの部屋は、物が整理されていてきれい。令哉の部屋は、物が散らばっていて汚い。それを見て初ばあが、ずぼらだと言うのだ。

前はこの日比野家に清道もいた。我が来てから、日比野家の主《あるじ》はずっと清道だった。歳は初ばあのほうが遥《はる》かに上だが、豆腐店のことや家のことをあれこれ決めていたのは清道だ。

その清道は四年ほど前にいなくなった。死んだ、らしい。

あれ、このところ清道がいないな、と我が思っていると、しばらくして、初ばあが泣きだした。咲子さんも泣き、ずぼらな令哉までもが泣いた。何ヵ月かは、家のそこらじゅうで誰かしらが泣いていた。そしていつの間にか、仏壇にある写真に清道のものが加わった。それまでは、我が知らない勇吉さんとやらのものだけだったが、そこに清道のものが並べられたのだ。

そのことで、我にも、清道がどこかへ行ったのではなく、いなくなったのだとわかった。

そう。わかったのだが。

清道はいる。いなくなったはずの清道は、今日もいる。いつもではないが、たまにいるのだ。一階から階段を上ってきたり三階から階段を下りてきたりといった気配はないのに、いつの間にかいる。

現に、食事を終えた初ばあと咲子さんと令哉が台所のほうからこちらの居間へと移ってくるので場所を譲るべく我がソファから降りてみると、いる。特に何をしているわけでもない。隅に立って、ただ家族を見ている。

我の観察によれば、初ばあと咲子さんと令哉の三人がそろっているときに出てくることが多い。そしてこんなふうに居間の隅に立っていることが多い。本当に、立っているだけ。ほぼ動かないし、しゃべらない。顔は笑っている。楽しくて笑っているという感じではなく、自然と微笑《ほほえ》んでいるという感じだ。

三人は清道がいることに気づかない。見えていないらしい。我だけが気づいている。見えている。そこは獣。野生の勘があるのだ。

といっても、我は人間の飼猫。野生の勘は相当鈍《にぶ》っている。我自身、今ねずみが出てきたとしても、追いかける気はない。勝利できる自信もない。まず、争いごとを好まないのだ。争うぐらいなら、共存できる道を探りたい。

まあ、この日比野家にねずみは出てこない。我が来てから一度も出てきたことはない。

ではそんな我が何故ねずみを知っているのか。生まれてから日比野家に来るまでの二ヵ月のあいだに見たのか。

見ていない。日比野家に来てから見たのだ。テレビで。

おっと思った。猫はねずみを追いかけるものと知らされた。確かに、追いかけてみたい気はした。が、それも何年か前まで。今はもう追いかけたくない。出てきてほしくもない。

初ばあと咲子さんと令哉の三人は、我が去ったソファに座り、そのテレビを見ている。

テレビを見ている三人を、清道が見ている。

テレビを見ている三人を見ている清道を、我が見ている。

ミャア、と我は言う。

清道に言ったつもりだが、反応するのは初ばあだ。

ん？　福、どうした？　おいで。

我はその誘いに応じる。そろそろと歩き、初ばあの大腿部に飛び乗る。

そして、丸まる。

日《ひ》比《び》野《の》咲《さき》子《こ》

「いや、無理無理無理無理」と館邦明《たちくにあき》店長が言う。「だって、仕入れ値でそんなに高いんでしょ？」

「まあ、そうですね。日比野純木綿と日比野青絹の場合は」とわたしは返す。

「そんなの絶対無理だよ。しかも、長くもつものでもないわけだし。消費期限は何日？」

「三日です」

「冷凍保存はダメなんでしょ？」

「できなくはないですけど、加熱調理するならともかく、そのまま食べるとなると、味は落ちてしまうかと」

「じゃあ、無理だよ。申し訳ないけど、豆腐一つにそこまでお金は出せない」

「あぁ」

「いや、別にね、価値がないと言ってるわけじゃないの。おいしいとは思うよ。実際、こうやって食べさせてもらって、おいしいのはわかった。安いのと並べて食べくらべたら、もっとはっきりわかるだろうね。でも、店で食べくらべをするわけじゃないからね」

「はい。それは」

「極端な話さ、ラーメン屋でカップラーメンが出てきたら、わかっちゃうじゃない。ちゃんと丼《どんぶり》に移し替えて出てきてもわかる。最近のはほんとに質がよくてうまいけど、でもやっぱりわかる。ラーメンはラーメンで、カップラーメンはカップラーメン。まあ、別物だよね」

「そう、ですね」

「だけど、豆腐はちがうじゃない。安いものも高いものも、豆腐は豆腐だよね。安いからって、コーヒーとかそれこそラーメンとかみたいにインスタントというわけじゃない。同じ豆腐」

「はい」

「だから、ある程度安いものを仕入れて安い値で出すこともできるのに、高いものを仕入れて高い値で出すわけにはいかないよ。実際、それじゃ誰も頼んでくれない」

「そう、ですか」

「そう。はっきりと、そう。例えばチェーン店の居酒屋だったら、冷奴はどんなに高くても三百円台だよね。いっても四百円台。五百円はいかない。いちどきにそうたくさん食べるものでもないし」

「お店だと、半丁ぐらいですか？」

「大きくてそのぐらいかな。調理に手がかからないから出す側としては楽。それは確か。定番としてメニューに載せておきたいものでもあるよ。でも、多く出るのは夏ぐらい。昔ほどは出なくなってる気もする。今は冷奴を置かない店もあるし」

それはわたしも感じる。自身、普段よく居酒屋さんに行くわけではないが、調査のためにネットで各店のメニューを見ることは多いのだ。確かに、冷奴を出していないお店もある。枝豆や冷やしトマトは出していても、冷奴はなかったりする。それはちょっと衝撃だった。

わたしが大学生のころ、冷奴を出していないお店などなかった。いちいちメニューを見なくても、はい、奴お一つ、と受け入れられ、当たり前に出てきた。冷やしトマトも、そのころからあるにはあった。だがお店によっては出しているという程度で、当たり前にあるわけではなかった。それが今はトマト優勢。豆腐と立場が逆転した感じだ。

まあ、冷奴も、あることはあるのかもしれない。メニューに載せていないだけかもしれない。麻婆豆腐を出しているお店なら、豆腐自体はあるわけだし。実際、麻婆豆腐をメニューに載せている居酒屋さんは増えたような気もする。

ただ、それを出していないお店ならわからない。最近、煮込みに豆腐を入れないお店も増えた。いや、煮込みに関しては、そもそも入っていないのが普通かもしれない。わたしが大学生のころに行っていたお店は入れていた、というだけかもしれない。当時から、あ、ここのはお豆腐入ってないのか、と思うこともよくあったから。

だとしても。これで引き下がるわけにはいかない。わたしは館店長に言う。

「ではその冷奴が多く出る夏場だけでもお願いできないでしょうか」

「ウチは難しいね」とあっさり言われる。「冷奴を高い値では出せないよ」

「でしたら油揚げやがんもどきだけでも、無理でしょうか」

「油揚げはそれこそもっと安いものでいいし、がんもどきはつかわないよ。ウチはおでんはやらないし」

「あぁ」

「こう言っちゃあれだけど」

「はい」

「豆腐なんて、大して変わるもんじゃないでしょ。スーパーで売ってる一丁五十円のでも充分。前は三十円ぐらいのもあったよね。ここんとこの値上げで今は五十円ぐらいになっちゃったけど。三十円てすごいなと思ってたよ。パック代なんかも合わせてのそれだからね。あれ、儲けなんか出るのかね」

「ほぼ自動の機械で大量生産だからどうにか、なんでしょうか」

「まあ、そうなんだろうね。でもそれで最低限のクオリティは出せるわけじゃない。なら充分だよね。安いからまずいなんてことはないし。本職の豆腐屋さんが食べればまずいと感じるのかもしれないけど」

「いえ、そんなことは」

「ない？」

「はい」

「あっても、よそさんのをまずいなんて言えないか」

「いえ、そういうことでもないです」

「ごめん。それはちょっと意地悪だった。でもとにかく、安いので充分なんだよね。実際、カミさんが買ってくるから、おれも家ではああいう豆腐だし。で、まったく不満はないし。そういうお宅は、たぶん多いよね」

「だと思います」

「だったらさ、やっぱりそれで充分てことじゃない。悪いけど、ウチは無理。よそを当たって」

「わかりました。お時間をおとらせしてすみません。ありがとうございました」

「いやいや。こっちも豆腐の味見をさせてもらったし。おいしかったことはおいしかったよ。たまに買って自分の家で食べるのはありかなと思った。これはほんとに」

「ありがとうございます」

「ありがとうはいいよ。店に入れてはあげられないから。じゃあ、まあ、大変だろうけど、がんばって」

「はい。ありがとうございます」

「そのありがとうはいいか。言ってもらっても」と館店長が笑う。

「言わせていただきます」とわたしも笑う。

そしてテーブル席のイスから立ち上がり、深く頭を下げて、お店を出る。

ドアを静かに閉めると同時に、顔に浮かべていた笑みは引く。どうしても、そうなってしまう。ふうっと息を吐く。予想はしていたが、またダメ。聞くだけならいいよ。本当に、聞いてもらうだけになった。それで終わってしまった。

店頭での販売とネットでの通販だけではさすがにきつい。そろそろまとまった卸し先を見つけなければならない。確保しなければならない。そう考え、あちこち当たっている。日々、歩きまわっている。年末はお店も忙しいだろうから控えたが、年明けから再開した。

去年の秋、まずは近場から始めた。堀切菖蒲園駅周辺から。だがなかなかうまくいかないので、どんどん範囲を広げている。できれば堀切に近いところにしたいのだ。卸しだと、配送もしなければならないから。そこだけは運送業者さんに頼むという手もなくはないが、それでは利益が出ない。

堀切菖蒲園から始め、青砥、京成高砂と来て、今は江戸川区の小岩。次は葛飾区に戻り、新小岩に行ってみるつもりだ。南でダメなら今度は北。北東の亀有や金町に足立区の綾瀬。そして北西の西新井《にしあらい》辺り。それでもダメなら南に戻って東京湾に寄り、船堀やその先の葛西《かさい》。と、そんなプランを立てている。

日比野豆腐店。かつては学校給食の卸しもやっていた。が、店主の清道が亡くなったことで、やめざるを得なくなった。

その代わりに、ネットでの通販を始めた。これは好調な時期もあった。清道の代から始めた変わり種のがんもどきがおいしいと少しだけ評判になり、売上が伸びたのだ。

だがそれも長くは続かなかった。人々は食いつくのも早いが、飽きるのはもっと早い。熱しやすく冷めやすいというのは特定の人に限った話ではない。たいていの人がそうなのだ。人の興味を引きつづけるのは、まさに並大抵のことではない。

その意味で、わたしは人気ユーチューバーの人たちを高く評価している。五年とは言わない。人気が三年続けば、それはもうすごいことなのだ。飽きて離れてしまう人も一定数いるなかで、新たなファンを取りこめている。取りこめつづけられている。その継続性はすごい。

店頭販売で売上を伸ばすのは難しい。通販での動きも落ちついてしまった。ならばと今は卸しの再開を模索している。学校給食ほどの規模でなくていい。それだけで全売上の八割になるとか、そこまではいかなくていい。三割四割でいい。ただ、安定収入につながる卸し先がほしい。

といっても、ウチは個人店。大量生産はできない。そう安くもできない。それならどこに卸せるのか。

食堂がありそうな福祉施設や社食がありそうな会社。そんなところに卸せれば一番いいが、安くはできない以上、難しいだろう。

だとすれば、飲食店。安さも売りにしているチェーン店ではなく、価格設定がもう少し上のお店。どこそこの有機野菜をつかっていますよ、どこそこの高ランク和牛が食べられますよ、とうたっているようなお店。そんなところならウチの豆腐も扱ってくれるかもしれない。

と思ったのだが、そう甘くはなかった。

どこも、今のお店のような反応だった。いや、今のお店はむしろよかったくらいだ。まず、ちゃんと店長さんに会えた。アポをとれた。

初めは飛びこみで行くほうがいいと思ったが、じきにそうでもないことがわかった。それはいやがられるだけなのだ。考えてみれば当たり前。仕込みの時間に押しかけられて、話を聞いてくれ。聞けるわけがない。

だから、メールアドレスを公開しているお店にはメールを送り、電話番号のみ公開しているお店には電話をかけた。

メールへの反応がないところもあったし、あっさり断られるところもあった。電話も似たようなもの。そういうのは結構です、とあっさり断られるところもあったし、話は聞いてもらえても会うところまではいけずに終わるところもあった。会うまでいけたところはわずかだ。

だがそこまでいければ、今日のようにウチの豆腐を食べてもらうことができた。だから、アポがあるのはいいのだ。時間をもらえるだけでなく、こちらも試食用の豆腐をちゃんと用意できる。飛びこみだとそうはいかない。当てもないのに何丁もの豆腐を持ち歩くことはできない。その場で食べてもらえないのはやはり弱い。味は言葉では伝わらないのだ。

ただ、やっと会えてもこんな具合。豆腐を食べてもらっても、こんな具合。おいしいとは言ってもらえる。おいしくないと言われたことは一度もない。だがそれだけ。その先へは行けない。

最近は、この手の営業と通販の管理がわたしの仕事になっている。

朝早く起きてお義母さん、初さんと二人で豆腐をつくり、合間に息子の令哉を起こして朝ご飯を食べさせ、高校に送りだす。そして午前十時の営業時間になったら、お店はお義母さんにまかせ、わたしはそちらの業務にかかる。

コンビニやスーパーとちがい、ひっきりなしにお客さんが来ることはないから、店番は激務ではない。立ちっぱなしになるわけではないし、トイレに行けないわけでもない。ただし、長い。


お義母さんはもう七十八歳。そんなに働かせて悪いな、と思う。お義母さん自身は、好きでやってるだけだよ、と言ってくれるが。店番なんてあんた、ただイスに座ってるだけ、ずっと休んでるようなもんだよ、とも言ってくれるが。

ＪＲの小岩駅から京成小岩駅まで歩き、そこから京成本線で堀切菖蒲園に戻る。駅の改札を出たところで、今日もダメでした、の残念顔を、笑顔とまではいかない真顔に修正。店を兼ねた自宅までゆっくりと歩く。


五分強で到着し、道路に面した店の出入口から入る。

「ただいま」とわたしが言う。

「おかえり。おつかれさん」とお義母さんが言ってくれる。

「まさに疲れただけ。ダメでした」とまずは報告する。

「そう簡単にはいかないでしょ」

「お豆腐は食べてくれたんですけどね」

「何て言ってた？」

「おいしいと」

「それはよかった」

「でも仕入れるのは無理だと」

「値段？」

「そうですね」

「まあ、そうだよねぇ。ただでさえ値上げの嵐なのに、豆腐だけにお金をかけるわけにはいかないもんね」

「店長さん。自分の家でなら、たまにはウチのみたいな豆腐を買って食べてみようと思ったとおっしゃってました」

「おぉ。うれしいね」

「お店が小岩だから、ウチまで買いに来てはくれないでしょうけど」

「近くのお店に行っちゃうか」

「はい」

「まあ、それでもいいよね。豆腐屋の豆腐がおいしいと知ってもらえればさ、周りの人に、やっぱりおいしいんだよと言ってくれるかもしれないし」

「そうですね。でも」

「ん？」

「多少高くても気に入ってくれる人もいると思うんですけどね。居酒屋のお客さんのなかにも」

「そこまでおいしくなくても安いほうがいいというお客さんのほうが多いってことなんだろうね」

「はい。だから今度は、今日のところよりもさらにお高めなお店に当たってみますよ」

「すまないね。咲子さんばっかりにやらせて」

「いえ。お義母さんにはお店を見てもらってますし」

「本当に見てるだけね。ここにいるだけ」

「それが豆腐屋じゃないですか。大事なのはつくるほう。って、すいません。偉そうなことを言っちゃって」

「もしさ」

「はい」

お義母さんはそこで黙る。

しばらく待つも、言葉が続かないので、わたしは先を促すように言う。

「はい?」

「咲子さんがもう無理だと思ったら、終わりにしてくれてもいいからね」

「それは、えーと、お店を閉めるということですか?」

「いや、まだそこまでは言わないけど。外まわりみたいなことは、やめてくれてもいいよ」

外まわりをやめる。営業活動をやめる。それは結局、店を閉めることを意味する。いずれはそうなる。どうしてもそこへとつながってしまう。

「お茶、入れましょうか」

「わたしが入れるよ。咲子さんは休んどきな。疲れたでしょ」

「いえ、だいじょうぶです。小岩の居酒屋さんに行って、電車に乗って帰ってきただけですから」

と、そんなことを言っていると、令哉が店に入ってくる。

「あ、おかえり」とわたしが言う。

「ただいま」

「何でこっちから？」

「声が聞こえたから」

いつもは裏の玄関から入るのだ。狭い車庫に駐《と》めた車のわきに無理やり自転車を駐めて。

いつ車に傷をつけられるかと、わたしはひやひやしている。いや。もうすでに少し、傷はついている。配送用としてもつかっていたワンボックスワゴンだ。わたしもたまに運転する。ここに嫁《とつ》いできてから、車庫入れがうまくなった。ウチの車庫は本当に狭いので。

「お母さんも今帰ってきたのよ」

「そうなんだ」

「部活は？」と尋ねてみる。

「今日はなし」

「部活自体がないの？」

「いや、おれ自身がなし」

「いいの？　そんなにサボって」

「サボっていい部活なんだよ」

「そんな部活、ないでしょうよ」

「あんの」

　令哉は高校で写真部に入っている。そうするというから、一昨年、お義母さんが入学祝にとデジタルカメラを買ってくれた。

　初めは令哉もそれを持って学校に行っていたが、やがて持っていかなくなった。とられたら困るから、と本人は説明したが、実際にはただ面倒になっただけ。じき部活にも大して出なくなった。部員ともめたとか、そういうことではないようだから、好きにさせている。

「じゃ、令哉」とお義母さんが言う。

「ん？」

「ちょっと店番して。ばあちゃんとお母さんはお茶飲むから」

「いや、おれもお茶飲むよ」

「ばあちゃんとお母さんは仕事で疲れてんの」

「おれも疲れてるよ。今チャリで帰ってきたんだから」

「部活はサボったんでしょ？」

「サボったけど。部活をサボるのも高校生の仕事だよ」

「サボるのも仕事、なんて仕事はこの世にはないの」

「いや、あるでしょ。サラリーマンとかが、たまにほりきりん公園のベンチで休んでるよ」

「それは休憩。サボりとはちがう」

「結構長い人もいるよ。眠っちゃってたりとか」

「いいから、とにかく店番して。時給二百円」

「いや、二百円て」

「高すぎるか」

「安すぎるよ。こないだテレビでやってたけど。ばあちゃん、東京の最低賃金ていくらか知ってる？」

「知らない。いくら？」

「はっきりした額はおれも忘れちゃったけど。千円以上だよ。千百いくらだったような」

「じゃあ、時給五百円」

「お、一気に上がった。でもまだ半分以下じゃん」

「ここの店番で千円は、あんた、もらい過ぎよ」

「いや。人を雇うならどんな仕事でもちゃんとお金を払わなきゃいけないってこと」

そんなことを言ってはいるが、令哉は時給〇円でちゃんと店番をしてくれる。自身が暇で、お義母さんかわたしが本気で頼めばではあるが。その店番自体も、丸イスに座ってスマホを見ながらのそれではあるが。

お義母さんもわたしも、店番中にスマホを見るなとは言わない。町の豆腐屋に続々とお客さんが来ることはないから。

町の豆腐屋に続々とお客さんが来る時代、はおそらくもう来ない。そんな時代に戻ることは、もうない。

実際、豆腐店は減っている。データにもはっきり表れている。ピーク時の一九六〇年には全国に五万軒あったが、二〇二〇年にはその十分の一、五千軒程度になってしまったらしい。ここ十年で見ても半減しているという。大手の豆腐会社主導による低価格化に大豆の高騰。個人豆腐店にとってプラス材料になるようなことが、今はほとんどないのだ。

そんななか、個人豆腐店がこれからどう生き残っていくのか。

スーパーで売られている豆腐よりいいものをつくること。それは最低条件だろう。ただ高いではなく、その高い値段に見合ったいいものをつくること。これなら高くてもいいとお客さんに手を伸ばしてもらえるものをつくること。

もう毎日食べてもらうのは無理。そこは初めから狙《ねら》わなくていい。たまにでいい。これはお義母さんも言っていた。たまに銭湯に行くように、たまに買ってもらえればいいのだ。そのたまにの頻度を少し上げてもらえばいい。

個人店は大手に勝てない。が、こまわりは利《き》く。いろいろなものをつくれる。試せる。失敗してもすぐにやめて次に移れる。だから、チーズがんもどきのようなものや、今ある梅しそがんもどきのようなものもつくれる。

とにかく。この店のものだから買いたい。日比野純木綿だから、日比野青絹だから買いたい。そう思ってもらえるようにしなければならない。

店の定休日は日曜と祝日。日曜の午後はたまにカフェでコーヒーを飲む。

堀切はこぢんまりした町だ。商店街はあるが、繁華街はない。会社が多いわけでもない。まあ、住宅地。といっても、高いマンションがあったりはしない。タワーはない。低層マンションが多い。一戸建てにそれらやアパートが交ざる感じ。

堀切菖蒲園駅も、こぢんまりした駅だ。乗り換え駅ではない。通っているのは京成本線のみ。改札は一つ。駅前にロータリーなどない。だから気軽に電車に乗れる。かまえなくてすむ。

飲食店も普通にあるが、多いとは言えない。カフェもそんなにはない。わたしは自宅から歩いて五分もかからないところにあるこのカフェを利用する。

頼むのはいつもキリマンジャロ。ここはチェーン店だが、ありがたいことにストレートコーヒーを置いてくれているのだ。値段も良心的なのでたすかる。

そもそもは清道がよく利用していた。毎回頼んでいたのがこのキリマンジャロだ。清道に同行したときのわたしは、いつもモカを頼んでいた。おいしいと思って飲んではいたが、豆による味のちがいがはっきりわかっていたわけではない。メニューにフルーティーと書かれていたから頼んでいただけだ。

フルーティー、にわたしは弱い。例えばビールでも日本酒でも、フルーティーと言われたらそれを頼んでしまう。

一時期、店の新商品に、フルーティー豆腐、を考えたこともある。お義母さんと話し合った結果、うまくつくれなそうなので棚上げになった。あくまでも棚上げ。まだあきらめてはいない。清道ならうまくやれていたような気もするから。

その清道が亡くなったあと。しばらくはこの店に来られなかった。どうしても、清道と来たときのことを思いだしてしまうからだ。

来られたのは、清道が亡くなって一年半が過ぎてから。久しぶりに来たそのときに、キリマンジャロを頼んでみた。

時間が経っていたからでもあるのか、モカとのちがいはよくわからなかった。豆腐では大豆による味のちがいをかなり感じとれるようになっていたが、コーヒーは無理だった。何故だろう。味が強すぎるからかもしれない。

それならキリマンジャロでいいじゃない。フルーティーなモカである必要はないじゃない。そう思い、それからはキリマンジャロを頼むようになった。ここ二年はずっとキリマンジャロにしている。

このお店。頻繁に来るわけではないが、二ヵ月に一度は一人で来る。来たら、一気に抜く。何を？　まさに、気を。

具体的には、ぼんやりする。店のことも豆腐のことも考えず、ただただぼんやりする。女がそこまで無防備になったらダメでしょ、と自分で思うくらいに。カフェだからそうなれる。それができる。

店のことも豆腐のことも考えなくなると、わたしは何を考えるのか。

清道のことを考える。考えようとはしなくても、考えてしまう。自然とそうなってしまう。

要するに、それを自分に許しているわけだ。一人でここにいるこの時間だけはオーケー、と。

日比野清道は、四年前に亡くなった。病気だが、ある意味事故とも言えてしまえそうなそれ。コロナでだ。

まだ五十歳。まさかだった。

感染が広がった初めのころ。細かなことはよくわかっていなかったが、収束までは長引きそうな気配があった。感染以上に、人々の不安そのものが広がっていた。あぶないのは高齢者や基礎疾患を持つ人たちだが、そうでなくても亡くなる人はいる。五十代でもいる。そんなことがわかってきた時期だった。

まさに五十代になったばかりの清道が、それを証明する形になってしまった。

もちろん、気をつけてはいた。といっても。外出はなるべく控える。マスクを着ける。手を洗う。そのくらいしかやりようはなかったが。

家でもマスクは着けていた。そうしようと清道自身が言ったのだ。次の誕生日が来れば後期高齢者になるお義母さんにうつしてはまずいからと。

中学校がしばらく休みになった令哉には、外出しないよう清道は言った。家でゲームを長くやるのはかまわないから友だちの家には行くな、電話で長く話すのもいいから会ったりはするな、と。

その甲斐あってか、お義母さんはだいじょうぶだった。令哉もわたしもだいじょうぶだった。が、清道がかかってしまった。

仕事の用事でどうしても出かけなければならないこともあった。週に一度はスーパーで買物もしなければならなかった。当時は、感染経路を調べる接触者追跡もおこなわれていた。清道が仕事で訪ねた先に感染した人はいなかったらしい。だから、おそらくは移動中だとか買物中だとかに、まさに不運な形でもらってしまったのだ。

ノドに痛みが出ると、清道はすぐに自ら検査を受けに行った。判定は陽性。そのまま入院した。

わたしたちが病院に見舞に行くことはできなかった。許されていなかったのだ。症状が治まったあとも隔離されるようだから、二週間ぐらいは家に戻ってこられないかもしれない。

わたしはそう思っていた。

清道と二週間会わないとしたら、それは結婚して以来初めてだな。

そんな、いくらかのんきなことも思っていた。

電話は何度かできた。だが会話はどれも短かった。今も覚えている。最後の電話はこうだ。

清道は言った。

母ちゃんはだいじょうぶか？　咲子も令哉もだいじょうぶか？

わたしはこう返した。

みんなだいじょうぶ。心配しなくていい。

店は、閉めてるんだよな？

うん。とてもじゃないけど開けられない。しばらくは無理でしょ。とにかくゆっくり休んで。もう少しがんばって。今、令哉と代わるから。

うん。

その、うん、が結果としてわたしが最後に聞いた清道の言葉、声、になった。

家族のなかで最後に清道の声を聞いたのはお義母さんだ。単純に、最後に電話に出たのがお義母さんだから。

その後、一度落ちついたものの、容体は急変し、清道は亡くなった。最期の瞬間に立ち会うことはできなかった。看《み》とることはできなかった。清道が亡くなったというその事実を、わたしたちは病院から知らされた。十分ほど呆然《ぼうぜん》としてから、泣いた。

それからはもう、泣くのとぼんやりするのをくり返した。お義母さんも同じ感じだった。どうにか葬儀の手配をし、どうにかそれを終えた。身内だけでおこなう家族葬。そうするしかなかった。家族が病院に見舞に行くことさえできないのに、葬儀に他人を呼べるわけがないのだ。

だがその家族葬にしてよかったと思う。多くの人々に来られても、丁寧な対応はできなかっただろう。わたしもお義母さんも、ただ立っているだけ、泣かないようにするだけ、で精一杯だったから。

そして清道がいない生活が始まった。

清道がいなくなったからといって、コロナまでもがなくなったわけではない。猛威《もうい》は相変わらず続いていた。清道だけが、ただいなくなった。

わたしは家具やインテリア用品を扱う会社に勤めていた。店舗運営部に始まり、商品部などを経て、そのときは人材育成部にいた。大学を出てからずっとそこ。令哉の育休で一年休んだが、それ以外はいつづけた。その間、会社が大きくなるのを見てきた。大きくなった会社がこの先どうなるのかを見ていくつもりでいた。

が、そこで清道がそうなった。わたしが四十五歳のときだ。

どうしよう、と思った。

どうするも何もない。このままいくしかない。どう考えても、そうするしかなかった。店はお義母さんが一人でできる範囲で続けてもらい、できなくなったら閉めてもらう。わたしは会社で働きつづける。最もリスクが少ない形はそれだ。すでに七十四歳のお義母さんの負担も考慮すれば、すぐにでも店を閉めるべきかもしれない。いや。コロナは、一年どころか、二年三年と続きそうな気配さえ出てきたから。

ただ、そこでこうも思った。

店を、閉めるの？　お義父さん、日比野勇吉さんが初代の民造さんから引き継ぎ、さらに三代目の清道が引き継いだこの店を。民造さんの代も勇吉さんの代も清道の代もお義母さんが見てきたこの店を。わたしが、閉めさせるの？　お義母さん、清道が亡くなったんだから閉めましょうね、と。お義母さん一人じゃとても無理だからもう閉めましょうね、と。

お義母さん自身はこう言った。

店は閉めるしかないね。

不本意ではあるはずだが、それがお義母さんの意見だった。

では、清道の意思はどうなのか。

父親から引き継いだ店をこの形で閉めていいのか。母親の不本意を、しかたない、で片づけていいのか。

それとも。清道は亡くなったのだから、その意思自体、どうでもいいのか。わたしたちが考える必要はないのか。もう清道に意思はないよ、と考えていればいいのか。ここまでご苦労さま、で終わりにしていいのか。

少し迷ったが、わたしは会社をやめた。迷いはした。迷いに迷って、とまではいかない。あくまでも、少し。

清道は店を続けたかったはずだ。生きていたら、続けていたはずだ。こうなったのだからもう店は閉めていい、とわたしに言いはするだろう。むしろ、閉めろと言うだろう。リスクが少ないほうをわたしに選ばせようとするだろう。わかっている。

だがそれはまさに清道の意思。故人としての、清道の意思。汲《く》みたいことは汲みたい。ただ、わたし自身の意思もある。生きているわたしの意思。これからもしばらくは生きつづけるであろうわたしの意思だ。

　わたしはそちらを優先させた。会社をやめ、お義母さんと一緒に店を続けることにしたのだ。お義母さんを手伝う、ではない。わたしも一緒にやる。仕事として、やる。

　お義母さんがそれを望んだわけではない。わたしに強《し》いたわけでもない。店は閉めるしかないね、と言ったあと、お義母さんはこうも言った。

　もういいよ。店の収入はなくなって咲子さんには迷惑をかけるけど、令哉のご飯なんかはわたしがちゃんとつくるから。咲子さんは会社の仕事をがんばって。

　店を閉めても家はある。それはなくならない。お義母さんの、というか清道の持ち家だから、店はやめてもこのままここに住める。中学一年生という多感な時期に令哉を転校させる必要もない。ただ豆腐店でなくなるだけ。

　そのただが、ただではないのだ。

　わたしは豆腐屋の息子である清道と結婚した。その後も会社で働きつづけたのは、ちゃんと清道がいたからだ。わたしまでもが店をやる必要はなかったからだ。

　清道は、倒れた。そうでなければこの先も店をやるつもりでいたのだから、わたしがやる。わたしが倒れたら清道が支える。清道が倒れたらわたしが支える。当然のことだ。ただそれだけのことだ。

　会社をやめて店をやります、とわたしが言ったとき、お義母さんはとても驚いた。いや、いいよいいよ、と言った。実際、不安に思ったはずだ。日比野家としてリスクしかない、と。ここへ来て何を言いだすんだバカ嫁、とさえ思ったかもしれない。当のバカ嫁自身がそう思ったくらいだから。

日比野豆腐店。当時の店主は清道だった。店を続けることを決めたとき、咲子さんが店主になればいいとお義母さんは言った。

だが豆腐に関しては素人。いきなりは無理なので、わたしは辞退した。だからお義母さんが店主になった。これは今もそうだ。日比野豆腐店の代表は日比野初。お義母さん。

そのお義母さんが元気なうちにと、わたしはさっそく豆腐づくりを習った。

大豆を水に浸してすりつぶす。それを濾《こ》して豆乳にし、にがりなどの凝固剤で固める。できたものが豆腐。

簡単に言えば、そういうこと。そこは昔から変わっていないらしい。

木綿は。豆乳をある程度固めたものを箱型に流しこむ。そして重しを載せ、水分を切りながら固めていく。箱型に敷いた木綿の布目が表面に付いたりする。だから木綿だ。

絹ごしは。豆乳自体を箱型に入れ、そのまま固める。滑らかできめ細かいから、木綿に対して、絹ごしだ。

つくるのは少量。だがそれを何度もくり返し、作業の一つ一つを覚えていった。コロナで店自体の営業をしていなかったため、時間はあった。そこに関しては、ちょうどよかったと言えるかもしれない。

豆腐をつくるときはいつもお義母さんと一緒。もう咲子さん一人でだいじょうぶだよ、と去年お義母さんに言われたが、まだ自信はない。商品として店に出す以上、いい加減なことはできない。お義母さんの監督は必要。

店を開けられるようになると、ネットでの通販を始めた。そこは、会社に勤めた経験が役立った。わたし自身、通販事業部にいたことはないが、店舗絡《がら》みのあれこれは知っていたからだ。

そう。店舗。かつてはその運営もしていたのだからどうにかなるだろう、健闘はできるだろう、と多少は思っていた。できなかった。勝手はまるでちがった。大規模な家具インテリア用品の店と小規模も小規模な個人豆腐店。同じ経営方針でやれるはずがないのだ。

個人豆腐店。まさか自分がそこで働くことになるとは思わなかった。清道と結婚したときも、まだ思っていなかった。仕事が休みの日に店番をすることくらいはあるだろう。だが清道がいるのだから自分が深く関わることはないだろう。そう思っていたのだ。店は清道のもの。嫁に来ただけのわたしが口など出すまいと、それはもうはっきり決めていた。

清道と知り合っていなければ、もちろんこうはなっていない。わたしは清道と知り合っただけ。知り合った清道がたまたま豆腐屋の息子であっただけだ。

その知り合い方も、普通と言えば普通。少し変わっていると言えなくもないが、決してないことではない。

結婚式の二次会。そこでわたしは清道と初めて会った。長尾充香《ながおみつか》と塚原敏之《つかはらとしゆき》さんの結婚式。わたしは充香の友人で、清道は塚原さんの友人だったのだ。

結婚式は丸の内でおこなわれた。いい場所にいい施設。豪華だった。お金かかるのよ、と充香は言っていた。あ、だから祝儀は弾《はず》んでね、と言ってるわけじゃないからね、と笑っていた。塚原さんは充香より三歳上。わたしと充香は同い歳だが、清道は塚原さんより二歳上。高校の先輩だったのだ。

高校の先輩を結婚式に呼ぶ。そのことにわたしは少し驚いた。そしてそこに呼ばれる先輩に少し感心した。よほど信頼されていなければそうはならないだろう。気が合う先輩程度では無理だろう。

式に次ぐ披露宴でわたしがいたのは新婦友人席。清道がいたのは新郎友人席。もちろん、テーブルはちがう。だが銀座のレストランバーに場所を移しておこなわれた二次会で一緒になった。

そう広くはないお店での、貸切。席もあらかじめ決められたりはしていない。新郎の友人と新婦の友人は当然話す。親睦会なのだからそうなる。清道とわたしも、そうした。

五歳ちがったが、不思議とすんなり話せた。まさにそのこと、清道が塚原さんの先輩なのに式に呼ばれたこと、を主に話した。

先輩で結婚式に呼ばれるなんてすごいですね、とわたしは言った。

呼ぶ後輩がすごいんだよ、と清道は言った。

清道が行っていたのは、今令哉が行っている高校。清道はそこで剣道部に入っていた。小学校中学校時代に剣道教室で習っていたので、部があった高校でもやることにしたのだという。

そこへ二年遅れで入学してきたのが塚原さんだ。清道が三年生のときの一年生。だが剣道の腕前は塚原さんのほうが上だったらしい。

清道は言っていた。

まるで歯が立たなかったよ。あいつは中学でもう都大会に出てたからね。

そのあと、わたしたちの席にもまわってきた新郎塚原さん自身が言った。清道にではなく、わたしに。

そういう後輩ってさ、先輩たちから結構睨《にら》まれるじゃない。煙《けむ》たがられて、下手をすれば、いびられたり。でも日比野さんはそういうことがまったくなかったんだよね。全力で打ち合ってくれるし、全力で負けてくれる。で、それを周りの部員たちにちゃんと見せてくれる。部に日比野さんがいてくれたから、おれもすごくやりやすかったよ。

なるほど、とわたしは思った。だから日比野さんは今ここにいるのか、と。後輩と全力で打ち合って、全力で負ける日比野さん。そのときからもう、わたしは清道に惹《ひ》かれていたのだ。おそらく。

その二次会でわたしたちが連絡先を交換したわけではない。そこではそんなこと思いつきもしなかった。と言えばうそになる。正直なところ、思いついてはいた。少しはこう思ってもいた。交換してもいいな。交換しようと日比野さんが言ってくれないかな。

言ってくれなかった。そしてわたしは清道のそこも評価した。女性に気軽に声をかけるような人ではないのだと。

その後、十日ほどして。充香が新婚旅行先のハワイから帰ってきた。

咲子。式と披露宴に来てくれてありがとう。今度おみやげ渡します。言っちゃうと、安いキーホルダー。かさばらないのでそれにしました。これからもよろしく。

そんなメールをくれた。

返事のメールで、わたしは清道のことを尋ねてしまった。相手が充香だから、もうストレートに。

二次会にも来てた日比野さんの連絡先を知ってる？　教えてもらうことは可能？

充香から次に来たメールはこうだった。

あのとき交換しなかったの？　楽しそうだったのに。

そして連絡先を教えてもらい、清道にメールを出した。アドレスを知った経緯は正直に説明した。教えてほしいと自分が充香に頼んだのだと。

清道からはすぐに返事のメールが来た。

滝井さんの連絡先を聞いておけばよかったと、僕も思ってたところです。また飲みに行きましょう。僕は日曜しか休めないので、できれば土曜の夜がいいです。

土曜の夜にした。そして二次会のとき同様、銀座のバーにした。清道が知っていた店、ではなく、清道が塚原さんに教えてもらった店、だ。

そこで三週続けて飲んだ。その三度めに言われた。

おれと付き合ってくれない？

こう返した。

ぜひ。

それからは、あちこちのバーでお酒を飲むようになった。

清道が休みの日曜日。昼間デートをして、午後五時には居酒屋に入り、午後七時には二軒めのバーに行った。銀座はもう卒業した。日曜日にやっているバーがほとんどないからだ。とはいえ、よそでも多くはない。やっている店を探し、最後にそこへ行く形でデートの予定を組んだ。そんなふうに二人で予定を組むことがもう楽しかった。

バーに行ったところで、遅くとも午後九時にはお開き、お別れとなる。バーそのものを楽しみたいときは、デート自体を土曜日にした。清道が仕事を終えたあとに会うのだ。そしてご飯を食べ、バーに行く。仕事の日は朝が早い清道の生活ペースをなるべく崩さないよう、そうしていた。

土曜日だと、日本橋辺りで飲むことが多かった。人形町などには、地味にいいバーがあるのだ。そこだと、堀切菖蒲園からもそう遠くはないので、ちょうどよかった。わたしも、当時住んでいたのは北区の王子。決して遠くはなかった。実家住まいならきつかったはずだ。それがあるのは埼玉県の所沢市だから。

清道はカクテルが好きだった。なかでもラムベースのもの。モヒートやダイキリ。夏にはフローズン・ダイキリも頼んだ。

バーのカウンター席に並んで清道とお酒を飲むのがわたしはとても好きだった。カクテルグラスでおいしそうにモヒートやダイキリを飲む清道。おいしそうに豆腐を食べるときとまったく同じ顔で、清道はカクテルを飲んだ。その顔がとてもよかった。

そんなわたしの視線を感じたのか、あるとき、清道が笑み混じりに言った。

カッコつけてこんなの飲んでるけど、おれ、豆腐屋だからね。

その言葉は響いた。あぁ、やっぱりこの人はいいな、と思った。

そう思うのに忙しかったから、わたしは返事をしなかった。直後にこの言葉が来た。

咲子、結婚してくれない？

それには返事をした。

します。

そこからはもう早かった。結婚することが決まると、ほかのあれこれもほぼ自動的に決まっていった。わたしは会社での仕事を続ける。だが堀切の日比野豆腐店に住みはする。店を手伝えるときは手伝う。ご飯もつくれるときはつくる。

結婚相手として、清道を所沢の両親に紹介した。

父英男と母和子は、反対まではしなかったものの、心配した。この先何年も豆腐店が生き残っていけるのか、と思ったらしい。だが清道に直接そう尋ねたりはしなかった。清道を、人として気に入ってはいたのだ。それは見ているだけでわかった。というより、紹介する前からわかっていた。わたしの両親が清道を受け入れないはずはないと。

あいさつを終えて清道が帰ったあと、三人で話をした。

わたしは仕事を続けるし、あちらのご両親もいてくれるから、だいじょうぶ。子どもが生まれたとしても、よそよりずっと楽かもしれない。

わたしがそう言うと。

まあ、咲子がいいならそれでいい、と父は言った。

豆腐屋さん、大変だけど楽しそう、と母は言った。

豆腐屋か。おもしろそうだな。あとでそう言ったのは、兄英敦。信託銀行に勤める兄は、自営業者に微《かす》かな憧れがあるらしいのだ。といっても、自身いずれ何か商売を始めたいとか、そんなことではないようだが。

清道の両親、勇吉さんと初さんへのわたしの紹介は、もっと簡単だった。

いやぁ、うれしいですよ、と勇吉さんは言った。

豆腐屋でいいの？　と初さんは言った。

いやなら今ここにいないよ、と清道が言い、
そのとおりです、とわたしも言った。

本題はそれにて終了。あとは雑談。本当にそんなだった。

咲子さんは寅さん観る？　と初さんに訊かれた。

映画『男はつらいよ』の寅さんだ。

あ、テレビでやってるのを何度か観たことがあります、と答えた。

ウチはね、好きなのよ。わたしら夫婦が。渥美さんが亡くなって映画は終わっちゃったけど、

また映画館でやってくれたら、たぶん観に行くね。そのときは咲子さんに店番を頼んじゃうかもしれない。

はい。もちろんやりますので、どうぞごゆっくり。

わたしがそう言うと、清道が笑顔でこう言った。

いいよ。おれがやるから。

日暮里《にっぽり》のホテルでおこなわれたわたしたちの結婚式には、充香も塚原さんも呼んだ。当然だ。新郎新婦が知り合うきっかけになった人たちだから。

そのあたりは、本当に不思議だな、と思う。わたしが清道と知り合うには、充香が塚原さんと結婚する必要があったのだ。そうなっていなければ、わたしはまちがいなく清道と知り合えていない。さらに、わたしと清道がともに結婚式と二次会に出る必要もあった。その二次会でも、たまたま隣に座って話していなければ、どうにもなっていなかったかもしれない。あいだに一人挟むだけで、状況は変わっていたかもしれない。

それは充香も塚原さんも言っていた。披露宴のスピーチでは、充香自身がふざけてこんなことまで言った。

咲子と清道さんを結びつけてしまった責任があるので、わたしたち夫婦も絶対に別れられません。って、こんなおめでたい席で別れるとか言っちゃってごめんなさい。

会場に和《なご》やかな笑いが起きた。清道もわたしも笑った。清道とわたし、それぞれの両親も笑った。新郎友人席にいた塚原さんだけが、苦笑。

充香と塚原さんは、実際、別れていない。今もすごく仲がいい。夫婦には二人の子がいる。兄妹。飛鳥《あすか》くんと希亜《きあ》ちゃん。飛鳥くんが大学一年生で、希亜ちゃんが高校一年生だ。

充香は家庭教師派遣会社に、塚原さんは電気機器会社に勤めていたが、今も変わらずそこに勤めている。まったく無駄がない形で人生を進めている。この夫婦に危機のようなものは一度もなかったのではないかとわたしは思っている。

清道とわたしにもその手の危機はなかったが、代わりにそれとはちがうものが来てしまった。危機どころではない、致命傷が。いきなり。そういうことも、あるのだ。わたしたちが、選ばれてしまった。おそらくは何の理由もなしに。

わたしはもう四十九歳。この歳になれば、離婚した友人もいる。

青島早美《あおしまはやみ》がそうだ。充香のそれだけではなく、わたしはこの早美の結婚式にも出ている。早美は海老名宗久《えびなむねひさ》さんという人と結婚した。そして十年で離婚した。三十歳で結婚し、四十歳で離婚。そんな感じだった。子どもはいない。つくらなかったのかできなかったのか、そこまでは知らない。

海老名さんと別れたとき、青島に戻ったばかりの早美に言われた。

ごめんね、咲子。式に出てもらったのに。

いいよ、そんなの。

そう言うしかなかった。別れた理由は訊かなかった。が、早美が自ら話してくれた。

もう、とにかく合わなかった。それに尽きる。付き合ってたときからその感じは少しあって、結婚すれば合わせられると思ってたんだけど。無理だった。五年めぐらいからは合わなくなる一方。いずれ相手が合わせてくれるだろうと、どちらもが思ってたんだね。それで、あぁ、合わせてくれないんだ、とどちらもが思ってからは、意地の張り合い。合ってたことまで合わなくなりだして。わたし、いやな女になってるなぁ、とずっと感じてた。そうなっちゃうと、戻れないのよ。よくドラマとかであるじゃない。何かをきっかけにして、ゼロからやり直そう、みたいになるの。そんなの絶対無理だと思う。積み重ねてきたものはなくならないんだから。都合よくリセットなんてできないんだから。

早美は旅行会社に、海老名さんはバルブだか何だかをつくる会社に勤めていた。海老名さんのことは知らないが、早美は今もそこに勤めている。二十代のころは添乗員もしていて、あちこち飛びまわっていた。五十を前にした現在は、ほぼオフィスにいるらしい。

早美は再婚していない。する気はないのかもしれない。するなら、もっと早くにしていたように思う。早美には、できそうな感じがあるから。本人がその気なら声がかかりそうな感じはあるから。

この早美のほかにもう一人。三沢夏恵《みさわなつえ》も、同じく離婚している。結婚式に出ておらず、そこまで親しくもなかったので、細かなことは知らないが。

こちらには子どもがいる。景馬《けいま》くん。今、中学二年生だ。結婚していたときの名字は、猪口《いのぐち》。これはすべて充香に聞いた。わたしよりは充香のほうが夏恵と親しかったのだ。

夏恵は会社員として働いているらしい。一応、正社員ではあるようだ。

人ごとながら、よかった。ただでさえシングルは大変。そのうえ非正規雇用となれば、なお大変だろうから。

ウチのお客さんにもいる。前は毛利麻奈さんだった、神田麻奈さん。

こないだお義母さんに聞いて、麻奈さんが夫瑞郎さんと離婚していたことを知った。お義母さんは、麻奈さんの息子の七太くんから聞いて知ったらしい。お父さん、最近見ないね、なんて不用意に言っちゃったよ、とお義母さんはひどく後悔していた。それで七太くんが教えてくれたのだという。

七太くんは小学四年生。よくウチに豆腐を買いに来てくれる。そのときに令哉がいれば二階に上がり、猫の福と遊んだりもする。

麻奈さんは一人でその七太くんを育てている。今は町屋にある婦人服の店で働いているが、正社員ではない。というそれは、何日か前に店に来た麻奈さん自身が直接教えてくれた。お義母さんに話したことを七太くんに聞いたのだと思う。だから自ら触れざるを得なくなったのだ。

麻奈さんは言った。

ごめんなさい。隠してたわけではないんですけど。

わたしはこう返した。

いえいえ。近所の豆腐屋に言わなきゃいけないことじゃないですよ。

笑顔でではあったが、きついです、とも麻奈さんは言った。それでもウチの豆腐を買ってくれるのだ。スーパーのそれよりはずっと高いのに。何だか申し訳ない気持ちになった。

わたしもシングルはシングル。わたしは清道と死別で、麻奈さんは瑞郎さんと離婚。どちらがきついのかはわからない。表面的な形が似ているだけ。きつさの種類はまったくちがうのだと思う。

ただ、気持ちの問題とは別に、置かれた状況はわたしより麻奈さんのほうが遥かにきついことは確かだ。わたしが住んでいるのは持ち家の一戸建てで、麻奈さんが住んでいるのは賃貸のアパート。そして麻奈さんは文字どおりのシングルだが、わたしにはお義母さんがいる。それを考えたら、雲泥《うんでい》の差でわたしのほうが楽、とさえ言えるかもしれない。

わたしがきついのは、清道がいないからだ。もう存在すらしないからだ。離婚した相手なら、存在はする。離婚しているのだから何とも思ってはいないだろうが、亡くなればいいとまで思うようなこともないだろう。

店が休みの日曜日には、清道とよく散歩もした。堀切菖蒲水門管理橋を渡り、堀切水辺公園に行くのだ。お義父さんとお義母さんは近くの堀切菖蒲園に行っていたが、わたしたちはそちらだった。歩くこと自体が目的でもあったから。

綾瀬川と荒川とに挟まれた細長い陸地。公園のほかには野球場も数面ある。その細長い陸地は、南の東京湾に近いところ、東京メトロ東西線の高架がある辺りまで続く。そこはもう江戸川区。さらに少し行けば、大観覧車がある葛西臨海公園だ。さすがにそこまでは歩けない。もし歩いたら、二時間以上かかるかもしれない。

とにかく、信号に遮《さえぎ》られないから、とてもいい散歩道になる。コースは二つ。シンプル。綾瀬川と荒川の上流に行くか、下流に行くか。

上流コースの場合は、京成本線の高架をくぐって小菅西公園の辺りまで行き、戻ってくる。下流コースの場合は、京成押上線の高架をくぐって木根川橋のところまで行き、戻ってくる。どちらもそれでだいたい四十五分ぐらい。家と堀切菖蒲水門管理橋の行き来分を合わせてちょうど一時間という感じだ。

令哉を連れていったこともあるが。それは令哉が小学三、四年生のころだけ。その前、一、二年生のころはそんなに長く歩かせられなかったし、そのあと、五年生のころからは令哉自身があまり行きたがらなくなった。歩くのがいやだったというよりは、親と出歩くのがいやだったのだろう。

実際、その散歩を最後に、令哉と出歩くことはほとんどなくなった。

今、わたしが令哉と出かけるのは、駅前の中華屋さんにご飯を食べに行くときぐらい。お義母さんが言ってくれるのだ。たまには二人でラーメンでも食べてきな、と。わたしはもうラーメンは重いから、と。

その中華屋さんで、わたしは野菜炒め定食やエビチリ定食などを頼む。令哉が頼むものはいつも決まっている。ラーメンと半豚角煮丼のセットだ。

豆腐屋の息子なんだからたまには麻婆丼のセットを食べなさいよ。

わたしがそう言うと、令哉はこう言う。

豆腐屋の息子だから食べないんだよ。

それでも、わたしはまだ令哉と出かけられる。令哉がもう少し歳をとれば、そうできる機会も増えるだろう。だが清道はそうできない。せめて令哉が中学生になってから一度でも、三人で堀切水辺公園を歩いておけばよかったと思う。いや、わたしはいいから、せめて清道と令哉が二人で歩けていればよかったと思う。清道のためにも、令哉のためにも。

清道と結婚してからは、このカフェだけでなく、バーにも行った。飲食店は多くない堀切菖蒲園。だが駅の向こうに一軒、バーがあるのだ。しかも、ありがたいことに深夜までやってくれている。

それがあることを知り、土曜日の夜に清道と二人で行ってみた。いい意味で、普通のバー。わたしたちが結婚前によく行っていたようなオーセンティックバー。かなりよかったので、半年に一度は行くようになった。半年に一度ぐらい、ではなく、はっきりと半年に一度。令哉も小学校の中学年。そんなには手がかからなくなったので、半年に一度は行こうと二人で決めたのだ。

といって、もちろん深夜には行けない。日曜は休みでも、月曜にはまた店があり、清道は早起きをしなければいけないから。わたしも、休みとはいえ令哉の朝ご飯をつくったりはしなければいけない。さすがに、日曜の朝までお義母さんにまかせてしまうわけにはいかない。

でもいつか深夜に行けるタイミングがあったら、ちょっとおしゃれをして飲みに行こう、と二人で話していた。帰りに、おそらくは誰もいない堀切の町を二人で歩こう、と。

そのタイミングはなかった。ないまま、清道は逝ってしまった。

令哉も高校生になり、日曜の朝は十時ごろまで寝ている今なら行けたのかもな、と思う。何なら毎週のように行けていたのかもな、と。

「そうかぁ」と隣に座っている古山育《ふるやまいく》が言う。「ダンナさん、亡くなっちゃったのか。あるんだね、そんなこと」

「あるのね」とわたし。

「まあ、あるよな。感染したのは何人だとか亡くなったのは何人だとか、毎日ニュースでやってたもんね。報道されてるんだから、実際、そうなんだよな。そうなった人たちが、その数だけいるんだよな」

「そうね」

「災害とかでもそうだけどさ、何十人何百人が亡くなりましたと言われても、そこでは聞き流しちゃうんだよね。実感がないから。一人一人に事情があって、亡くなるまでの流れもあって。それが集まっての何十何百っていう数字なんだけど。そこまでは想像しないんだよな、ニュースを見てるそのときは。でもそれだけの数の人が本当に亡くなってて、百倍千倍もの悲しんでる人がいる、んだよな」

「うん」

「って、ごめん」

「何が？」

「その悲しんでる当事者の咲子に言うことでもないよな」

「いいわよ。そのとおりだし」

「四年前か」

「そう」

わたしたちは東池袋の居酒屋さんにいる。大学のゼミの同期会がおこなわれているのだ。久しぶりの開催。五十歳になる前、まだ四十代のうちにやっておこう、と誰かが言いだしたらしい。誰か。わたしでも育でもない。

連絡は三週間ほど前にもらった。行くつもりはなかったが、咲子さんもたまには息抜きをしてきな、とお義母さんに言われ、行くことにした。もう清道が亡くなってそれなりに時間も経つんだから行ってきな、と言われたような気もしたのだ。

京成本線で日暮里へ。そこからＪＲ山手線で池袋へ。

本当に久しぶりに、池袋に来た。創作料理をうたうお店。チェーン店ではないようだが、わからない。今、チェーン店ぽく見せてはいないが実はチェーン店、という居酒屋さんも多いから。

豆腐の卸し先を探す営業であちこち当たっていると、それを実感する。店長さんが実は雇われ店長さん、社員店長さん、ということが結構あるのだ。そんな人は、上に訊いてみないとわからない、と言ったりする。店長さんだが、決定権はないので。

大きな街の居酒屋さんは競争が激しい。お店はちょこちょこ変わる。今のこのお店も、わたしが大学生のころはなかったはずだ。さっきメニューをチラッと見た。冷奴は載せてくれていた。冷やしトマトのほうが扱いは大きかったが。

ゼミの同期会といっても、別に大したものではない。すでに亡くなられたので、教授はいない。同学年の九人が集まっただけ。男性五人に女性四人。掘り炬燵《ごたつ》がある個室一つで収まった。

古山育は、わたしの元カレシだ。同じ経営学部で同じゼミ。二年ほど付き合った。卒業後に働きだしてから半年で別れた。そう。きっかり半年だ。十月一日の異動で育が横浜の支店に移ることになったのを機に別れた。

新人でその異動は珍しい。実際、特例的なことであったようだ。本人も上司にそう言われたと言っていた。急遽欠員が出たことへの対応、だったらしい。

横浜なら遠距離でも何でもないのだが、二人で話して別れることに決めた。別れるちょうどいい機会なのかもしれないね、ということで。つまり、そのときにはもうあまりうまくいっていなかったのだ。そして育は当時住んでいた東武練馬から横浜の港南台へと引っ越していった。勤めているのは信販会社。今は本社にいるという。そこへ一本で行ける東京メトロ有楽町線の氷川台《ひかわだい》にあるマンションに住んでいるそうだ。離婚した結果、そうなったらしい。

「もう六年経つけどね」と育がわたしに言う。

「じゃあ、四十三歳のとき？」

「そう」

「子どもは？」

「いない。できなかったわけじゃなくて、向こうがほしがらなかった」

「古山くんはどうだったの？」

「ほしくなかったわけではないけど、まあ、向こうがそう言うなら、という感じだったかな。ダメだよね、それじゃあ。そんなんで結婚生活がうまくいくわけない」

「そう？」

「だと思うよ」

「それ、逆に大事だと思うけど」

「あぁ。そういう見方もあるか」

「そこまでこだわってないことなら、お互いに譲る」

「譲り合うわけだ」

「うん。譲れることは譲る」

「でもそれもまた問題でさ」

「ん？」

「自分は譲ってるという意識が強くなると、いざ大事なところで譲ってもらえなかったときに、ぶつかっちゃうんだよね。こっちはいつも譲ってるのに、となって。まあ、これは夫婦間に限らない。誰とでもそうだけど。会社の人とでも、友だちとでも。またそういうときの衝突って、結構激しいものになるしね。自分が譲ってると思ってた側は、もうそれ以上は譲らないから。

そこで譲らないためにいつも譲ってたんだと考えちゃうから」

「あぁ」

「そうなるってことは、やっぱり人として合ってなかったということでもあるんだろうけどね。どっちかが譲らなきゃいけない感じに、頻繁になってたわけだから。合う部分が多ければ、たぶんそうはならないよね」

わたしたちはどうだっただろう。わたしと育が、ではなく、わたしと清道は。

自分が清道に何かを譲った、自分が引いた、と思ったことはほとんどない。感じなかっただけかもしれない。商売をやっている家でお義父さんお義母さんと同居したわけだから、初めから覚悟していただけかもしれない。譲るのが当たり前になっていただけかもしれない。

だが感じないのだとすれば、それはもう、譲ってない。わたしにマイナスはない。

あるいは、そんなことではまったくなくて。清道がずっと譲ってくれていたのかもしれない。それにわたしが気づかなかっただけ。その可能性もある。いや、それどころではなく、お義父さんお義母さんまでもが、嫁に来たわたしにあれこれ譲りつづけてくれていた可能性だってある。

馬刺しを食べ、かつおのたたきも食べ、日本酒の熱燗《あつかん》をお猪口《ちょこ》で飲む。大学生のときは選ばなかった食べものに飲みものだ。そして締めに頼んだのは鯛茶漬け。

結局、同期会なのに、ほぼずっと育と話してしまった。

育はわたしの元カレシ。それは周りも知っている。元カップルなのに離れて座るのも何だからということで、隣同士になっただけ。別におかしくない。これが三十代なら、ちょっとどうかという感じになるかもしれない。だが五十歳を目前に控えた四十九歳の今はそうならない。月日は過ぎている。わたしたちが付き合っていたのは四半世紀以上前なのだ。

お店をあとにしたのは午後十時半。二次会の話は出ない。残念ながら、もうそこまでの元気はない。

それでも、別れ際、育にはこう言われた。

「今度、ご飯ぐらいどう?」

そこに深い意味はない。育も声を潜《ひそ》めてわたしだけに言ったのではない。皆の前で言った。

わたしはすんなりこう返した。

「お店があるし、息子もいるから」

「おぉ。元カレが元カノにフラれた」と育が笑い、
皆も笑った。

ともに四十九歳。育もそれ以上誘ってきたりはしない。わたしもそれ以上強く断ったりはしない。お互いこれで充分。また会うことがあるとすれば、それは次の同期会だ。開かれるかはわからない。開かれるとしても、今度は六十歳になる前、五十九歳のときかもしれない。

ただ、育も少しは本気だったはずだ。誘いに対して、いいね、行こう、とわたしが応じていたら、本当に行くことになっていただろう。元カノなので、そのくらいのことはわかる。育は、そうなのだ。押しは強くない。引くべきところはきちんと引く。そのあたりは清道と似ている

かもしれない。基本的に、引く人、譲る人、なのだ。本人も言っていたように。

池袋はターミナル駅。JRに東武に西武に東京メトロ。路線数は多い。そこで皆、それぞれが乗る電車のホームへと散っていく。

わたしはJR。山手線に乗る。

進行方向左。環の外側。山手線環外の夜の風景を窓越しに眺めながら、あぁ、もう何とも思わないのだな、と思う。

わたしは元滝井咲子であって、今は日比野咲子。すでに日比野豆腐店の人間なのだ。夫の清道を亡くしはしたが、まさに亡くしただけ。神田麻奈さんや青島早美や三沢夏恵や古山育とちがって、別れたわけではない。だから揺《ゆ》るがない。日比野咲子として古山育と話すし、日比野咲子として誘いもあっさり断る。検討すらしない。

日暮里で乗り換えた京成本線を堀切菖蒲園で降り、静かな夜の町を歩いて家に戻ったのは午後十一時半前。

お義母さんは三階の自室で寝ているが、二階の居間には令哉がいる。ソファに寝そべってテレビを見ている。いや、テレビはつけているだけ。主にスマホを見ている。

「ただいま」

「おかえり」

「まだ起きてるの?」

「うん。土曜だし」

「土曜にそうするからほかの日もそうなっちゃうのよ。だから朝起きられないの」

それには応えない。代わりに令哉は質問を返してくる。

「どうだった？」

「何が？」

「同窓会、じゃなくて同期会。元カレとかと会った？」

これはもちろん冗談だ。令哉が自分にとって都合の悪い話から逃げるための冗談。そうとわかってはいるが、たまたまとはいえ本当に元カレと会っていた、しかもかなりがっつり会っていたわたしは、少しあせる。

会ってないわよ、と言うとうそをつくことになってしまうので、こう返す。

「何言ってんのよ」

「自分でも思った。うわ、気持ちわりぃって」

「それも何よ。親に気持ち悪いは失礼でしょ」

と言いはするが、まあ、わかる。親のそういうのは、確かに気持ち悪い。わたし自身、父の元カノジョや母の元カレシのことなど知らない。そんな話は一度もしたことがない。お母さんはお父さんの四人めのカノジョでな、などと中学時代に父が言いだしていたら、わたしは所沢の家を飛び出していただろう。

と、そこまで考えて、思う。だが父にも母にもそんな相手はいたはずなのだ。どちらもがそれぞれ初めて付き合った相手、ということでもない限りはそうなる。

長尾充香と塚原敏之さんが結婚していなければわたしと清道が知り合うこともなかった、というのと同じ。父や母が元カノジョや元カレシのところで止まっていたら、わたしが生まれてくることはなかったのだ。いや、今のわたしとして生まれてくることはなかった、ということか。よくわからない。久しぶりにお酒も入っているので、うまく考えられない。

「ねぇ、ゼミってさ」と令哉が言う。

「うん」

「結局、何?」

「何って?」

「クラスとはちがうんでしょ?」

「あぁ。ちがうわね。中学高校のクラスとはちがう。一組二組A組B組とか、そういうのではない」

「でも授業の一つではあるんだよね?」

「そうね」

「そこがよくわかんないんだけど」

「うーん。二年間を通して一つの専門的なテーマを掘り下げていく特別なクラス、みたいなものかな。今は二年生からゼミに入れる学校もあるみたいだから、その場合は三年間を通して」

「それはダルいね」

「何でよ。ダルくないわよ。そんなふうに時間をかけないと、一つのことを深く学んだりはできないでしょ？　それをやるのが大学。高校とはちがう」

「サボっちゃいそうだなぁ」

「ダメよ。一応、授業でもあるから、サボったら単位をもらえない」

「そっか。それはきついな」

「普通は卒論もそこで書くしね」

「卒業論文？」

「そう」

「それって、どのぐらい書くの？」

「文系なら、二十枚から四十枚ぐらい、なのかな。学校にもゼミにもよるだろうけど」

「原稿用紙で？」

「Ａ４の紙で。だから原稿用紙ならもっとよ」

「マジで？」

「マジで」

「読書感想文とかは原稿用紙五枚なのに？」

「一年をかけて書くんだからそうなるわよ」

「マジか」

「マジよ」

「卒論て、ないとこないの？」

「卒論を選択しなくても卒業できる大学もなくはないでしょうけど。たいていはあるんじゃない？」

「それ、やったの？」

「誰？　お母さん？」

「うん」

「やったわよ。出したわよ」

「マジか」

「だからマジよ」

「お父さんは、やってないよね？」

と、いきなりその言葉が出る。お父さん。久しぶりだ。避けているわけでもないが、令哉とわたしのあいだでそんなに出る言葉でもない。

「お父さんは、やってないわね」

「大学に行ってないもんね」

「うん。高校を出て、すぐにここで働いたからね」

「おれと同じ高校」

「そう」

だから、進学してもおかしくはなかったのだ。特に進学校というわけではないが、清道がいたころでもほとんどの生徒が進学していたらしいから。だが清道はしなかった。しないほうを選んだのだ。自分で。

「それはそれで、きついよな」

「何が？」

「いや、店。だって、まだ十八歳だよね」

「そうね」

「さすがにサボれないもんな」

「絶対にサボれないわね。大学のゼミ以上にサボれない。一日サボったら、それでもうお客さんの信用を失うし」

「失う？」

「失う。定休日でもないのに簡単に休むようなお店に、お客さんは来てくれない。お豆腐はスーパーでも買えるのにわざわざウチに来てくれるわけでしょ？　それなのに閉まってたら、もう来てくれないわよ。令哉ならどう？　そんなお店に行きたい？」

「豆腐がうまければ、行きたいかなぁ。実際さ、うまければ、来てくれるんじゃない？」

「そこまでおいしければ来てくれるかもしれない。でもお店がそんなで、いいと思う？」

「うーん」

「お父さん、そんなお店にしてた？」

「して、ない」

そう言って、令哉はわたしを見る。して、ないよね？　と確認するような感じで。

わたしも令哉を見る。言うまでもないでしょ、という感じに。ただ、一応、言う。

「してなかったわね」

日比野令哉。顔はわたしに似ていると清道からもお義母さんからも言われ、自分でもそう思ってきたが。そしてお酒が入っているからかもしれないが。

初めて、あれっ、清道にも似てるかも、と思う。


「あぁ、これはうまいわ」と戸張克臣《とばりかつおみ》所長が言う。「やっぱり高いもの、というかちゃんとしたものは、うまいんだね」

「ありがとうございます」とわたしは返す。

今日は店長さんではない。所長さん。介護福祉施設の所長さんだ。

「何ていうか、こう、豆腐じゃないみたいだね。密度が濃くて、スイーツみたい。昔あったババロアとか。って、今もあんのか」

「あり、ますね」

「ババロアは、そんなに濃くないか」

「いえ、ムースなんかにくらべると、濃いかと」

「そうだよね。むっちりしてるよね。でも、ほんと、おいしいわ。こうなんだね、町の豆腐屋さんの豆腐は」

「そう、ですね。よそさんと同じかはわかりませんけど、ウチはこんなです」

「肉まん、あるじゃない」

「はい？」

「コンビニで売ってる肉まん」

「あぁ。はい」

「どの店も、普通の肉まんのほかに特製肉まんみたいなのがあるの、わかる？」

「わかります。ちょっとお値段がいいもの、ですよね？」

「そうそう。あれってさ、はっきり言っちゃうと、結構高いじゃない。普通の肉まんが横にあるのにわざわざ高いお金を出してそっちを買う人なんているのかなぁ、と思ってたんだよね、ぼくも。で、試しに買ってみたの。そしたらさ、確かにうまいんだよ。具もしっかりしてるし、生地もしっかりしてる。いや、普通の肉まんがまずいわけでも何でもなくて、それも充分うまいの。でも、超えてくるんだよね。あぁ、なるほど、こういうことか、これなら買うかもなぁ、と思った。高くても納得できるだけの満足感が、ちゃんとあったんだね。この豆腐も、それに近いよ」

「おぉ。うれしいです」と言い、わたしはこう続ける。「所長さん、肉まんを召し上がるんですか？」

「うん。昔から好きなの。ぼくはコンビニのおでんより肉まん。圧倒的に肉まん。行くと買っちゃうね。でもぼくが行く時間がよくないのか、あの特製のほうは、用意されてなかったりもするんだよね。あればそっちを買うのに」

「お店、もったいない。せっかくのいいお客さんなのに」

「ほんとだよ。常にあったためておいてほしい。肉まんて、何かおやつ扱いされちゃうけど、ぼくは食事でもいいと思うんだよね。お好み焼きみたいなもんでさ。晩ご飯が肉まんでもいいよ。って、ごめん。豆腐の話だよね」

「いえ。ウチの息子も肉まんが好きなので、このあと買って帰ります。普通のじゃなく、特製のほうを。息子は普通のしか食べたことがないだろうから」

「うん。そうして。食べる人が増えれば、店も常に用意してくれるようになると思うから」

「わかりました。帰りに寄ります」

「で、まあ、肉まんはいいや。ぼくは豆腐も好き。何だろう。白い食べものが好きなのかな。この豆腐もさ、かなり好きだよ」

と、ここまでは、小岩の居酒屋さんを訪ねたときと同じ。ウチの日比野純木綿を食べてもらったときと同じ。豆腐自体はほめてもらえた。おいしいとは言ってもらえた。

問題はここからだ。前回は、値段の話をした途端、いや、無理無理無理無理、と館店長に言われた。今回は話をどう持っていくか。といっても、値段は下げられないのだから、結局はひたすらお願いするしかないが。

　前回は居酒屋さん。今回は介護福祉施設。飲食店にこだわるのはやめたのだ。初めから福祉施設や会社は無理だろうと決めつけず、とりあえず当たってみることにした。うまくいかなかったとしても、ただそれだけ。損はないのだから声はかけてみようと思った。

ここは、介護福祉施設としては三軒め。所長さんに会ってもらえることになった。だからこうして豆腐を持ってやってきた。

覚悟を決めて、値段の話をするべく口を開きかけると、先に戸張所長が言う。

「日比野さんてさ、お店は堀切なんだよね。菖蒲園があるとこ」

「はい。駅は堀切菖蒲園。お店自体、菖蒲園の近くです」

「あぁ。じゃあ、やっぱりそうだ」

「はい？」

「ダンナさん、になるのかな。たぶん、ぼくの弟と同級生だよ。高校で」

「そう、ですか」

「うん。日比野さん、だもんね。何か聞き覚えがあると思ってたの。豆腐も、ぼく、たぶん食べたことあるよ。この豆腐かはわかんないけど。弟が昔買ってきたことがあるんだよね。友だちの家が豆腐屋だからって。まさに菖蒲園に行った帰りに寄ったらしいんだわ。だから覚えてる。今みたいな冬でさ、菖蒲園、全然花が咲いてなかったと言ってた。そりゃそうだよね。花菖蒲は五月六月だもん」

「そうですね」

「弟は、普段、花なんか観るやつじゃないんだけど、そのときはカノジョを連れてたの。それでカッコをつけようと思ってたらしいんだわ」

「カッコを」

「うん。でも咲いてなくて撃沈。失礼な話だけど、豆腐でごまかしたと言ってた」

「ごまかせたんでしょうかね、お豆腐で」

「近くに友だちの豆腐屋もあるから来た、という感じにしたんじゃない？　花が咲いてないのを知らなかったわけではない、みたいな」

「あぁ。それでごまかせてたらいいですけど」

「ごまかせたよ。そのカノジョが今の弟の嫁だから」

「そうなんですか？」

「そう。でさ、弟が買ってきたその豆腐、こう言っちゃあれだけど、ちょっと高かったから、そのまま食べてみようってことになって、家族で頂いたの。おいしいなと思ったよ。そのときのお店なんだね、日比野さんのとこが」

「菖蒲園の近くなら、おそらく」次いでわたしは言う。「清道です。夫」

「じゃ、そうだ。キヨって言ってたわ。弟」

「今おいくつですか？　弟さん」

「ぼくより三つ下だから、五十四」

「じゃあ、同じです」

「おぉ。すごいな。つながるもんだね」

「ほんとですね」

「で、何、ダンナさんがお店で、奥さんがこういう営業を？」

「いえ、そういうことでは」というそこで止めておこうかと思った。が、この戸張所長に隠すことでもないとも思い、続ける。「夫は亡くなりました」

「え？」

「コロナで」

「うわっ、そうなの？」

「はい。その初期のころに」

「あぁ。そうだったのかぁ。ごめんね、何か」

「いえ、だいじょうぶです。もう三年以上経ちますし」

「じゃあ、何、今は奥さんがお店を？」

「はい。わたしと母で。母は、その清道の母です」

「それまではずっとダンナさんがやってたんでしょ？」

「はい。清道がやってたころは、わたしは会社に勤めてたんですけど、そうなってしまったので、そこをやめて」

「そういうことか。続けたんだ？　店を」

「はい。今もどうにかやってます」

戸張所長がお茶を飲む。わたしもそうする。戸張所長自身が入れてくれたお茶だ。緑茶かと思いきや、玄米茶。おいしい。

「入れるよ」

「はい？」

「豆腐。いまのこれを、入れて。献立が毎日豆腐ってわけにもいかないから、月決めでいくつみたいな形にはなっちゃうけど。それでよかったら、ぜひお願いしたい」

「あぁ。ありがとうございます」自ら営業に来たくせに言ってしまう。「でも、いいんですか？」

「うん。何か変なタイミングで言っちゃったからお情けみたいに聞こえたかもしれないけど、そうじゃないよ。豆腐を食べさせてもらったときから考えてた。ほんとにおいしかったから。これはウチのご飯で出したいなと思ったよ。ちょっと高くても、ここは奮発しようって。常識的な額には、してくれるでしょ？」

「がんばります」

「がんばってもらえるとウチもたすかります」と戸張所長は笑う。「いや、食べものはさ、大事なのよ。高齢者だからもう何でもいいじゃなくて、高齢者だからこそ大事。何歳になったって、おいしいものを食べたいよね。こっちも食べさせたいよ。特に豆腐は高齢者にしてみれば安心安全の超優良食材だし。それがおいしいっていうのは、いいよ」

「そう言っていただけると、こちらもたすかります」

「例えば認知症の症状には味覚障害があったりもするんだけど。それでも食感のちがいはわかるだろうし、それでおいしいと思えたりもするかもしれない。そこは個人差もあるしね。豆腐なんて、昔からずっと食べてきてるわけじゃない。七十八十になってあらためておいしいと思えたら、それは本当にいいよね」

本当にいい。戸張所長。本当にありがたい。ああは言ってくれたが。お情けが少しも含まれていないことはないはずだ。いや、もしかしたら、九十パーセントがそうかもしれない。だとしても、それでいい。そのお情けはありがたく頂戴する。思いがけないところで清道の縁がつながったのだから、それは活かしたい。清道を、生かしたい。

詳細は後日、戸張所長の要望を聞いたうえで詰める、ということになり、わたしはお礼を言って、施設をあとにした。お礼は、何度も言ってしまった。頭も、何度も下げてしまった。門を出るところでも下げた。戸張所長からはもう見えないのに。

すぐに店に戻り、お義母さんに今あったことをすべてそのまま伝えた。豆腐を卸せることのほかに、清道のこともだ。

お義母さんはとても喜んでくれた。

「これはお祝をしなきゃいけないね」

「そうですね。たまにはすき焼きでもしましょう。いいお肉で」

「清道にも報告しなきゃ。咲子さんがしてくれるかい?」

「いえ、それはお義母さんが。もしあれなら、店はわたしが見てますから、休憩がてら、今どうぞ」

「そうかい?　じゃあ、せっかくだから、してくるかねぇ。咲子さんのお手柄だと伝えてくるよ」

「いえ。日比野清道のお手柄だと伝えてください」

お義母さんはにっこり笑い、作業場の奥にある階段へと向かった。

そこでわたしはようやく気づいた。

あ、肉まん買うの忘れた。

駅からの途中でコンビニに寄り、特製肉まんを買うつもりでいたのだ。うれしさのあまり、すっかり忘れていた。令哉とお義母さんに食べさせるだけでなく、自身、食べたかったはずなのに。

まあ、それは次の機会にして、さあ、店番、とわたしは気持ちを切り換える。切り換えたら切り換えたで、どうせお客さんはそんなには来てくれないんだよなぁ、と思っていると、すぐに真留《まる》ちゃんが来てくれる。

竹中《たけなか》真留ちゃん。近所の一戸建てに住む中学三年生だ。二歳上のお兄ちゃん、輝《てる》くんが令哉の同級生。中学で始めたバスケットボールを高校でもやっている。すごくうまいらしい。

令哉が言っていた。

体育の授業で一緒にバスケをやったことがあるけど、パスは全部通るし、シュートは全部入んの。おれなんて、球、触れない触れない。ファウルすらできないよ。だって、まず、輝の体に触れないんだから。右かと思ったらあっという間に左を通りすぎてるし。

輝くんは令哉とはちがう高校に行っている。私立。バスケットボールの強豪校らしい。輝くんと真留ちゃん。こんな言い方をするのはあまりよくないが、美男美女の兄妹だ。美兄妹。

「あ、真留ちゃん、こんにちは」

「こんにちは」

「買いに来てくれたの？」

「はい」

「えーと、もう受験よね」

「はい」

「なのに出歩いてだいじょうぶ？」

「お豆腐を買いに行くぐらい、だいじょうぶですよ」

「ウチとしてはありがたいけど、カゼをひかないように気をつけてね」

「気をつけます。といっても、そんなには気をつけようがないんですけど」

そうなのだ。ある程度までしか、人は気をつけられない。ウイルスはどこから近づいてくるかわからない。

「でも気をつけて」とわたしが言い、

「でも気をつけます」と真留ちゃんが言う。

「私立は、もう、すぐ？」

「はい」

「訊いていい？　いくつ受けるの？」

「二つです。三つ受ける友だちもいるけど、わたしは二つ」

「真留ちゃんならだいじょうぶでしょ」と根拠のないことを言ってしまう。

「わたし、都立は日比野さんと同じところを受けますよ」

「ん？　令哉と同じってこと？」

「はい。ちょうど偏差値がそのくらいなので」

「あ、そうなのね」

「令哉さんは、自転車通学ですよね？」

「うん」

「わたしは、どうしようかなぁ。バスでも行けますけど、新小岩でまた別のバスに乗り換えなきゃいけないし」

「令哉も大雨のときなんかはそうしてる」

「そのバスで会ったりしたら、いやがられますかね」

「何でよ。いやがらないわよ。真留ちゃんが来てくれたら、令哉も大喜びなはず」

「受かるかなぁ」

「真留ちゃんならだいじょうぶよ」とまた根拠がない。

「令哉さん、何部ですか？」

「写真部」

「え、ほんとですか？」

「うん」

「わたし、もし受かったら写真部に入ろうと思ってますよ。人数も結構いて、何か楽しそうだし。わたし、お兄ちゃんとちがってスポーツはダメなんで」

「令哉はサボってばっかりだけどね」

「サボれるんですか？」

「うーん。サボれるのかはわからないけど、実際、サボっちゃってるわね。そんなには出てない。だからもし入ったら、真留ちゃん、叱《しか》ってあげて。上級生が何やってるんですかって」

「いいんですか？　叱っちゃって」と真留ちゃんが笑い、

「ぜひ」とわたしも笑う。

「うっせえわ、とか言われないですかね」

「もし言われたら、おばさんに言って。おばさんが令哉をきつく叱るから」

「わかりました。じゃあ、今日は、五目がんも一つと、日々の木綿を二つください」

「了解。五目がんもと木綿二丁ね」

「はい。安いほうですいません。日比野純木綿のほうは高級すぎて手が出ないとお母さんが言ってました」

「おいしいからたまには食べて」

「それも言ってました。おいしいからたまには食べたいんだけどって。でも日々の木綿もおいしいですよね」

「そう言ってくれるとうれしい」

真留ちゃんはＰａｙＰａｙで支払いをすませる。お母さんが時々チャージをしてくれるらしい。そうしてくれるからといって勝手に何かを買ってしまう真留ちゃんではない。信頼されているのだ。

わたしが令哉にそれをできるか。できない。令哉を信頼していないわけではないが、男の子はやっぱり男の子。できない。

「いつもありがとう。またお願いね」

「はい」

「受験、がんばってね。令哉を叱ってね」

「はい。受験もがんばるし、叱るのもがんばります」

真留ちゃんは豆腐とがんもが入った袋を手に、ぺこりと頭を下げて、家に帰っていく。

どんなウイルスもこの子には寄らないでほしい、とわたしは思う。もちろん、真留ちゃんだけでなく、令哉にも寄らないでほしい。もうあらゆる人に、ウイルスは寄らないでほしい。

令哉も四月にはもう三年生。今の真留ちゃんと同じ受験生だ。しかも大学受験。こないだ高校に入ったと思ったのに、もう大学。将来のことは何か考えているだろうか。

いないだろう、とすぐに結論が出てしまう。わかってしまう。

早くも卒論を億劫がっていた令哉。だが大学に行ったら、就職もするはずだ。いったいどんな会社に入るのだろう。令哉には、自身がやりたいことをやってほしい。サボりたくならないような仕事を、ちゃんと見つけてほしい。

　家が豆腐屋。それはまったく考えなくていい。わたしがやれるところまでやって、終わり。充分だ。ただ、やれるところまではきちんとやる。本気でやる。お義母さんはもういつ閉めてもいいと思っているようだが、わたしは続けたい。清道はやりたかったわけだから。

　そのお義母さんが二階から、いや、三階から下りてくる。作業場を通って、こちらに来る。

「ありがとね。清道に報告してきたよ。勇吉にも報告してきた」

「そうですか」

「清道もだけど、勇吉のほうが喜んでた気がするね」

「お義父さんが喜んでくれたのなら、わたしもよかったです」

「ねぇ、咲子さん」

「はい」

「もうさ、咲子さんが店主でいいよ」

「はい？」

「いや、いいとかじゃなく。咲子さんがなって。店主に」

「いえ、わたしなんかまだまだ」

「まだまだじゃない。充分だよ。わたしはもう歳で、いつまで動けるかわからない。清道も勇吉もね、そうしろって言ってくれたよ。言ってるように聞こえたよ、わたしには」

「お義母さんは、いいんですか？」

「いいも何もないよ。わたしが一番そうしてほしい。清道と勇吉がダメだと言ったとしても、わたしはそうしてほしいよ。ここは今いる者の意思を尊重していいんだと思うよ」

今いる者。生きている者、という意味だろう。

わたしはお義母さんの顔を見る。清道と結婚したころにくらべれば、さすがに歳をとった。おばあちゃん、になった。

お義母さんもわたしを見ている。笑っている。その笑顔は昔と変わらない。笑み自体は衰《おとろ》えない。笑ってはいるが、本気で言ってくれていることはわかる。だって、清道といた以上に長く一緒にいるのだから。

お義母さん。もうお母さんでいい。

断章　日比野福

我は箱に入っている。箱に入れられているのではなく、自ら入っている。そのなかから、初ばあと咲子さんと令哉、日比野家の者たちを眺めている。

我ら猫は箱が好き。あれば、とりあえず入る。入れなそうなものでも、とりあえず入ろうとはしてみる。我の場合、箱が小さければ小さいほどいい。全身がぎりぎり収まるくらいのものが好みだ。そんな箱があれば必ず入る。落ちつくのだ。入っていると。

たまに令哉が、福、もう出な、と我を箱から出そうとするが、そんなときは打撃をお見舞いする。爪は立てないよう、肉球のあたりで強めにいく。お、猫パンチ、などと令哉は言う。

我が箱好きであることを知っているので、通販で何かを買って箱で届けられると、咲子さんはそれを与えてくれる。ただ上面を開いた状態で与えるのでなく、あえてそこは閉じ、両側面にカッターで穴をあけた状態で与えてくれたりもする。

我は片方の穴からスルッと滑りこみ、もう片方の穴からヌルッと顔を出す。人間が服を着るような具合。寝そべったまま箱を着た感じになる。福、ロボットじゃん、福ロボ、などと令哉は言う。咲子さんは笑い、初ばあも笑う。

猫と箱の相性はいい。猫に箱。我らには箱を与えていただけるとありがたい。

それと似たような言いまわしで、猫に小判、ということわざがある。価値のわからない人に貴重なものをあたえても役には立たない、ということのたとえらしい。

失礼な話だ。猫に仮想通貨、ならまだわかる。前足の構造上、パソコンやスマホはつかえないので、我ら猫はＩＴに対応できない。だから仮想通貨は役に立たない。だが、人に小判、でもそれは同じだろう。

令和の現在、人間の世界で小判が流通している気配はない。令哉や咲子さんはともかく、年長者の初ばあでさえ、小判に精通している様子はない。だから人に小判も、役には立たないはずなのだ。

同じ意味で、もう一つ、豚に真珠、ということわざもある。これも豚の諸氏には失礼だが、まあ、わからないではない。小判とちがって真珠は今も広く流通し、重宝されているから。

猫も豚も、獣。ゆえにの、猫に小判、と、豚に真珠。であるならば、二つが入れ替わってもおかしくない。豚に小判、と、猫に真珠、でも意味は変わらないはずだ。

そこで考えてみる。

豚に小判。これは問題ない。猫に小判、と変わらない。豚にも小判は役立たない。

一方、猫に真珠。こちらも変わらないといえば変わらないが、若干、意味がぼやけてしまうような気もする。

まず、人間はやけに猫が好きだ。豚も好きだが、それは主に食料として。豚を食しはするが、猫を食しはしない。我ら猫のことは、そうではなく、好き。まちがいなく、猫が人間を好きである以上に、人間は猫が好きだ。

その猫に、真珠。猫を真珠で飾り立てる。すなわち、好きなものを飾り立てる、飾り立てたくなる、というような意味も出てきてしまう。それではことわざとして成り立たない。ことわざは教訓や風刺の意味を含むのが普通だが、好きなものはそりゃ飾り立てたくもなりますよ、ではあまりにも弱い。ことわざとしての説得力がない。

と、そんなことを考えながら、我は今も福ロボ状態で日比野家の者たちを見ている。

初ばあと咲子さんと令哉。三人は居間のソファに座り、食後のデザートとしてみかんを食している。初ばあは一個だが、咲子さんは二個、令哉は三個。食すみかんの個数は年齢に反比例する。

我自身はすでに食事をすませた。すませたうえで、咲子さんが用意してくれたこのロボ箱に滑りこんだ。我は食事も好きだが箱も好きなのだ。

食事に関しては、成猫になって長いからか、ドライフードよりウェットフードのほうがいくぶん好きになった。やわらかいものは、やはり食しやすいのだ。胃のなかでも早くこなれてくれるような気がする。とはいえ、頂けるものは何でも頂くが。

先日、令哉が、我に出されたドライフードを少量食し、あれ、これうまくはないけどいけんじゃね？　と言っていた。猫寄りの人間なのかもしれない。

我の観察によれば。みかんを食す際、初ばあと咲子さんは、実が入った薄皮のような袋をいつも口から出す。その部分は食さず、むいた厚皮の上に置く。だがずぼらな令哉はその袋まで食す。さすがに厚皮までは食さないが、薄いその袋は食す。

今も初ばあが言う。

袋まで食べてだいじょうぶかい？

令哉が返す。

いちいち出すのはめんどくさいよ。

咲子さんはこうだ。

栄養も食物繊維も多く含まれてるから、袋、本当は食べたほうがいいらしいですよ。

咲子さん、言うが、自身は食さない。

そんな日比野家の三人を見ているのは、我だけではない。清道もだ。

そう。清道は今日もいる。居間の隅にただ立って、みかんを食しながらテレビを見る三人を見ている。例によって、笑っている。自然と微笑んでいる。

清道は、いつの間にかいる。いつも我が気づかないうちに、いる。獣である我に気づかせないのはすごい。我の野生の勘が鈍っていることの証なのか。そのあたりは不明。

そして清道は、いつも薄い。みかんの袋より薄い。いることはいるのだが、全体的に薄いのだ。つまり、清道そのものが。さらに言えば、どこか近寄りがたい感じもある。

ゆえに我も近寄らないのだが。今は久しぶりに成猫なりの好奇心を発揮する。外国には、好奇心は猫を殺す、ということわざもあるようだが、我をこの家に迎え入れた清道が我を殺すとも思えないので、そこは発揮してしまう。

まずは脱福ロボ。前からは出られないので、スリスリと後退して箱から出る。
次いで、そろそろと歩き、清道に寄っていく。
気づいているのかいないのか、清道はこちらを見ない。
壁沿いに進み。そして。
我、清道をすり抜ける。

神《かん》田《だ》七《なな》太《た》

日比野豆腐店に歩いて向かう。

住んでるアパートからそこまでは二分。近い。だからいつもエコバッグを持ってぼくが行く。お母さんもぼくに頼む。一昨年、三年生に上がったときからそうなった。まあ、頼まれなくても行く。頼まれなかったら、豆腐を買ってくるよ、と自分から言う。そうすると、お母さんも言う。じゃあ、お願い。

ぼくは神田家の豆腐係なのだ。日比野豆腐店に豆腐を買いに行く係。

小学校では今、掲示係をしている。担任の志村唯沙《しむらゆいさ》先生に頼まれて、教室の後ろとか廊下の壁とかに何かのお知らせを貼ったりする。その貼ることを、掲示と言うのだ。

いつも貼らされる。掲示係でなくても貼れるでしょ、といつも思うけど、志村先生もクラスメイトたちも、はい、掲示係、といつも言う。遠くにいるぼくをわざわざ呼んで言ったりもする。

同じケイジでも、刑事係ならカッコいい。掲示係はそんなにカッコよくない。といって、刑事係なんていないけど。刑事係が逮捕しなきゃいけないような悪者がクラスにいたら、それはそれでいやだし。

とにかく、ぼくは豆腐係。学校では掲示係だけど、家では豆腐係。

これはお父さんがいたときからそうだ。まだ小さかったから一人では行かなかったけど、お母さんと二人でよく日比野豆腐店に行った。お父さんと二人でも行った。家族三人でも行った。

ウチから日比野豆腐店までは歩いて二分。前にお父さんがそう言ったので、ずっとそうだと思っていた。本当に二分で行けるのか、最近、計ってみるようになった。アパートを出てから、一秒、二秒、三秒、四秒、と数えるのだ。

だいたい百二十秒。ただ、アパートの二階にある家の玄関から出てすぐに数えると百二十秒を超えてしまうので、階段を下りて敷地を出るところから数えるようにしている。ちょっとズルをしているような気もしないではないけど、それはズルではないと考えるようにもしている。で、ちょっと急ぐ。急ぐのもまたちょっとズルをしているような気もしないではないけど、それもまたズルではないと考えるようにもしている。歩いて二分と言ったお父さんをうそつきにするわけにはいかない。

今日は百十八秒。途中で気を抜いてゆっくりになってしまったから、最後は少し走った。日比野豆腐店に駆けこむ感じになってしまった。

「あら、七太くん、こんにちは」と初おばあちゃんが言う。

「こんにちは」

「どうしたの？　急いで」

「急いでないです」とうそをつく。ごまかす。

「今日は令哉もいるから、福と遊んでって」

「いいの？」

「うん。お願い」

福。日比野家が飼っている猫だ。黒と白のぶち。顔の左と右は黒で、鼻がある真ん中あたりは白。毛の色がきれいに分かれている。顔に八という漢字が書かれているように見える。だから八割れ猫とも言うらしい。ただ、ぼくには、八より人に見える。人、と顔に書かれた猫。おもしろい。

福は今、十歳。ぼくと同い歳だ。でも人で言えば、五十六歳とか、そんならしい。おじいさんとまではいかないけど、結構なおじさん。今は一年で人の四年分ぐらい歳をとってしまうのだという。損だ。

一年で四年はつらい。だってそれは、今小四のぼくが来年には中二になってしまうということなのだ。いきなり中二は無理。中学には、中一の一年で慣れておきたい。

前に初おばあちゃんにそんなことを言ったら、こう言われた。

福は福で、人は大きくなるまでに時間がかかるから損だと思ってるかもしれないねぇ。

あぁ、そうかも、とぼくは思った。いきなり中二は困るけど、その次は高三。一気にそこまでいけるのだ。そうなれば、子ども扱いされなくてすむ。それは悪い話でもない。

人なら五十六歳だと聞いた途端、楽しいなぁ、と言っているように見えていた福が、しんどいなぁ、と言っているように見えた。ぼくが遊んであげていたはずが、ぼくが遊んでもらっているような感じにもなった。ただそうと聞いただけで、何も変わっていないのに。不思議だ。福はいつも店にはいない。豆腐店、食べもの屋さんだから、初おばあちゃんたちが出さないようにしているのだ。この上の二階と三階、家のなかで飼われている。

それなのに何でぼくが知っているかと言うと、初おばあちゃんが教えてくれたから。ウチは猫がいるよ、と言ったのだ。アパートだからペットは飼えないというようなことを、ぼくが言ったときに。それで福を見せてくれた。店番を令哉くんのお母さんにまかせ、二階から連れてきてくれた。

店の前の道で、ぼくは初めて福と顔を合わせた。福はおとなしく初おばあちゃんに抱かれていた。一度ぴょんと路面に下りたので、そのまま逃げちゃうんじゃないかと思ったけど、逃げなかった。

初おばあちゃんは言った。

逃げないよ。逃げたらご飯が食べられなくなっちゃうからね。

ミャア、と福も言った。そう、と言ったように聞こえた。

すぐにまた初おばあちゃんに抱かれた福の頭を、ぼくはおそるおそる撫でてみた。ひっかかれたりしないかとちょっとこわかったけど、だいじょうぶだった。

福はただぼくを見ていた。人とだとずっと目を合わせてはいられないのに、猫とならあわせていられた。先に目をそらしたのは福。気まずくてそらしたというよりは、飽きたという感じだった。ぼくに興味をなくしたのだ。

おぉ、これが猫か、と思った。犬はもっと人に寄ってくる。近づいてくる。猫はちがうのだ。でもそこがいい。こっちが寄りたくなる。

それからは、豆腐を買いに行くと、今みたいに、初おばあちゃんがぼくを二階に上げてくれるようになった。七太くん、福と遊んでって、と言ってくれるのだ。

でもさすがに誰もいない家でぼくと福だけにしておくわけにもいかない。だから、上がるときはいつも令哉くんがいる。

令哉くんは初おばあちゃんの孫で、ぼくより七つ上の十七歳。今、高校二年生だ。ぼくが豆腐を買いに行くのは、たいてい午後四時か五時ごろ。令哉くんはいたりいなかったりする。いるときは上がれる。福と遊べる。そのためにも、いてほしい。福だけでなく、令哉くんと遊ぶのも楽しいから。

「裏から上がって」と初おばあちゃんが言う。「玄関閉まってたら、ピンポン鳴らしてね」

「うん」

ということで、ぼくは車庫のわきを通って裏の玄関にまわり、ドアを開ける。カギはかかっていない。だからインタホンのチャイムは鳴らさない。令哉くんがいるときはたいていそうなのだ。

「お邪魔しま〜す」と言って、靴を脱《ぬ》ぐ。

わきにドアがあって、その向こうは作業場。豆腐をつくる場所だ。福が入らないようにと、そのドアはいつも閉められている。そこは開けないでね、とぼくも初おばあちゃんに言われている。

狭い階段を上っていく。上りきったところにもドアがある。そこをコンコンと叩く。

「はいよ〜」となかから令哉くんが言う。

お邪魔しま〜す、と言ったから、もうぼくだとわかっているのだ。

ドアを開けて入っていく。

居間には令哉くんがいる。ソファに寝そべってスマホを見ている。でもすぐに起き上がって言う。いつもなら、こうだ。

いらっしゃい。お茶とトマトジュース、どっちがいい？

お茶。

おぉ、大人じゃん。

と、ここまでが一セット。あいさつみたいなものだ。どちらかといえばお茶よりトマトジュースのほうが大人のような気もするけど、令哉くんの基準では逆らしい。

でも、今日はこう来る。

「お茶と野菜ジュース、どっちがいい？」

「野菜ジュース？」と思わず訊き返す。

「うん。トマトジュースから替わった。おれのお母さんがね、切り替えたの。トマトは結構食べるから、どうせなら緑の野菜をとろうってことで」

冷蔵庫から取りだしたそのペットボトルを、令哉くんが見せてくれる。なかのジュース。本当に緑だ。これならぼくもお茶と答えやすい。お茶と野菜ジュースなら、どう考えても野菜ジュースのほうが大人だから。

でもぼくがお茶と答えようとしたら、令哉くんが言う。

「試しに飲んでみ」

「じゃあ、うん」

令哉くんがグラスにその野菜ジュースを注ぐ。ぼくの分と自分の分、二つ。

「はい」と差しだされ、

「いただきます」と受けとる。

飲んでみる。

「あ、全然苦くない。おいしい」

「うん。緑は緑だけど、青汁とはちがうからね。ジュースって言っちゃってるし。りんごとかの果物で味を付けてんのかな。トマトジュースが苦手なやつも、こっちはいけそうだよね」

「これ、トマトも入ってるの?」

「色的にも、入ってないんじゃないかな。入ってたら、やっぱもうちょっと赤くなるよね。トマトは強そうだから」

「強そう、だね」

「そもそもさ、おれが今の七太くんぐらいのころトマトが苦手だったんで、トマトジュースを買うようになったんだよね。ジュースならいけたから。で、ジュースを飲んでるうちに、トマトそのものも食えるようになったの。まあ、それでもトマトジュースは買ってたんだけど。そこでおれのお母さんが思いついた。今度は野菜ジュース」

「野菜も苦手なの？」

「いや、それは普通に食うよ。ただ、好き好んでたくさんは食わないんで、これ」

「トマトは、苦手だったんだ？」

「うん。何かダメだった。ケチャップとかはいけたんだけど。スパゲティミートソースとかもだいじょうぶだったし。でも給食でトマトがそのまま出てくると、残してたよ。友だちにあげたりしてた。何だろう。あの食感がいやだったのかな。でも食感なら、ジュースを飲んでも直んないか。自分でもよくわかんないわ。逆にさ、トマトはいけるけどトマトジュースはダメって人もいるらしいよね」

「ぼくはそっちかも。トマトジュース、飲めなくはないけど、そんなに好きでもない」

「マジか。言ってよ。おれ、いつもトマトジュースをすすめちゃってたじゃん。だからお茶だったのか」

「だからでもなくて。お茶は好き」

「おぉ。七太くん、やっぱ大人」

「でもこの野菜ジュースも好き」

「了解。おれのお母さんに言っとく。七太くんも好きだからこれからもトマトじゃなく野菜ジュースにするようにって。あと、クッキーもあるから、今出すよ。ばあちゃんが買っといてくれたカントリーマアム。まさかカントリーマアムがそんなに好きじゃないってことは、ないよね？」

「ない。好き」

「まあ、そうだよな。カントリーマアムを嫌いなやつなんていない。バニラとココア、七太くんはどっちが好き？」

「どっちも好き」

「おれも。じゃあ、半分ずつだな」

令哉くんがそのカントリーマアムも出してくれる。

食べる。バニラとココア、どちらもおいしい。絹ごしと木綿、どちらもおいしいようなものだ。

野菜ジュースを買っているという令哉くんのお母さんは、咲子さん。初おばあちゃんと一緒に日比野豆腐店で働いているけど、店にはいないことも多い。

令哉くんによれば、前は会社に勤めていたそうだ。令哉くんのお父さんがコロナで亡くなってしまったから、そこをやめて店で働くようになった。

そう。令哉くんのお父さん、清道さんは、コロナで亡くなってしまったのだ。

おじいさんやおばあさんがコロナにかかるとあぶない、とはよく言われていた。清道さんはおじいさんでも何でもなかった。人で言えば五十六歳の福よりも若かったはずだ。なのに、そうなってしまった。

お母さんにそのことを聞いて、コロナは本当にこわいのだとわかった。このお母さんは、咲子さんではなく、ぼくのお母さん。お母さんは初おばあちゃんに聞いて、知ったらしい。

その清道さんのことは、よく覚えていない。亡くなったのが四年前。日比野豆腐店で働いていたのは、ぼくがまだ保育園児のころ。だから、いたことは知っている、というぐらいだ。顔はわからない。見たことはあるはずだけど。

コロナは、ちょうどぼくが小学校に上がったときに始まった。入学したばかりなのにいきなり長い休みになり、そのまま夏休みに入った。

学校に行けるようになってからも、人には近づけなかった。距離をとりなさい、と先生に言われた。大きな声を出さないように、なるべく外には出かけないように、とも。

ずっとマスクをしていたから、初めはクラスメイトたちの顔もよくわからなかった。給食の時間も、ほとんどしゃべれなかった。マスクを上げて食べ、マスクを下げて噛《か》む。また上げて食べ、また下げて噛む。そのころは毎日そうだった。

一年生と二年生のころは、ずっとそんな。三年生になった一昨年から、少しずついろんなことが許されるようになった。自由にあちこちへ行けるようになり、やがてはマスクをしなくてもよくなった。だから友だちの顔もちゃんとわかるようになった。

でもぼくは清道さんのことを知っているから、まだ少しこわい。

ぼくの周りにも、コロナにかかった人が何人かいる。学校の友だちにもいる。普通のカゼぐらいの感じで、大したことはなかったらしい。ぼくみたいな子どもはそれですむことが多いのだ。だとしても、大人が亡くなってしまう可能性はある。もしもお父さんやお母さんが亡くなったら、と考えると、どうしてもこわくはなる。それで本当にそうなってしまったのが令哉くんだ。

令哉くんにお父さんはいない。いないのはきつい。ぼくにはいる。いるけど、いない。よその場所にいるのだ。ウチにはいない。それもきつい。

そうなって、もう二年近く。でも、慣れない。と言いながら、お母さんと二人での生活には慣れたけど、でもやっぱりお父さんがいないことには慣れない。いたときのことを覚えてはいるから。それを忘れることはないから。

令哉くんとぼくがソファに座って野菜ジュースを飲みながらカントリーマアムを食べていると、そこへ福がやってくる。三階から階段を下りてきたのだ。

福はゆっくり歩き、ソファの前のガラステーブルの下を通る。ただ通るだけかと思ったら、途中で向きを変え、ソファに飛び乗る。で、令哉くんとぼくのあいだに座る。割りこんできたわけではなくて、たまたま空いていたからそこを選んだ、という感じだ。

福がほしがったら困るので、ぼくは右手に持っていたカントリーマアムをあわてて口に入れ、嚙み、飲みこむ。令哉くんも同じ。

猫には、食べさせてはいけないものが結構あるらしいのだ。まず、チョコレートがそう。カントリーマアムはチョコチップが入っているからまちがいなくダメ。クッキー自体もよくないという。

福が口を開くので、ミャア、と言うのかと思ったら、言わない。むわぁっと、ただあくびみたいなものをするだけだ。五十六歳だからしんどいなぁ、と言っているように見える。

福の背中をさすってやりながら、令哉くんが言う。

「猫は野菜ジュースを飲めんのかな」

「どう、なの?」とぼく。

「トマトジュースは飲んでもだいじょうぶだから、いけるかも」

「トマトジュースはだいじょうぶなんだ?」

「食塩が入ってないやつならだいじょうぶらしいよ。まあ、あげるにしてもスプーンの小さじ一杯ぐらいだから、なめさせる感じだけど」

「だったら、野菜ジュースもだいじょうぶ?」

「あ、いや、無理かも。玉ねぎが入ってたらヤバい」

「玉ねぎはダメなの?」

「うん。絶対ダメ。猫によくない成分が入ってるみたい」

「そうなんだ」

「だからかなり気をつかうよ。自分たちがやった餌のせいで福が弱ったなんてことになったら、泣くに泣けないから」

「じゃあ、飲ませないようにしなきゃ」

そう言って、ぼくは左手に持っていた野菜ジュースのグラスに右手も添える。上から蓋をする。

「まあ、だいじょうぶだよ。福は興味ないみたいだし。もうおっさんだから、ジュースよりビールのほうがいいのかも」

「ビールは、あげてもいいの？」

「ダメ。アルコール中毒になる危険性があるらしいよ」

「大人なのに」

「うん」

「こわいね。お茶もダメなんだもんね」

「そう」

「何でダメなんだっけ」

「カフェインが入ってるから」

「コーヒーに入ってるやつ？」

「そう。緑茶にもあるらしいんだよね。カフェイン」

「気をつけるよ。福がほしがっても、絶対あげない」

「うん。そうして」

話を聞いていたのか、福がぼくの左の腿《もも》に右の前足を乗せる。そして掻《か》くようにする。招き猫が招くような感じだ。そんなこと言わないでお茶くれよぅ、と言っているように見えなくもない。

「お、甘えた」と令哉くん。

「これ、甘えてるの？」とぼく。

「たぶん。おれにはさ、たまに嚙んできたりすることもあるよ。甘嚙みかと思ったら、わりと強めに嚙んだり。ばあちゃんたちにはそんなことしないんだよね。おれ、なめられてんのかな」

「なめないでしょ、飼主を」

「いやぁ、わかんないよ。このガキがって、思ってんのかもしれない」

「だったらぼくのほうがガキだよ」

「でも、ほら、七太くんは、何ていうか、おれより品があるから」

「ないよ、そんなの」

福と遊ぶといっても、最近はこんなふうになることが多い。令哉くんとぼくが話し、福がそこにいる、という感じ。福がそんなに駆けまわったりはしないから、ぼくもしない。二年ぐらい前までは福も、二階三階また二階と、あちこち駆けまわって大活躍だったらしいけど。

結局、日比野家の二階には一時間ぐらいいた。それから一階に下りて令哉くんと別れ、店にまわって豆腐を買った。いつもの、日々の絹、を二丁。

「ありがとうね」

初おばあちゃんもいつものようにそう言ってくれた。

前々から少し気になっていたので、ぼくはこう訊いてみた。

「野菜ジュースを飲ませてもらってカントリーマアムも食べさせてもらってるから、お店のほうが損しちゃってない？」

「そんなことないよ。得をしてるのはウチ。だって、豆腐を買ってもらったうえに、福と遊んでもらってるんだから。令哉と遊んでもらってもいるんだから」

「令哉くんがぼくと遊んでくれてるんだよ」

「いやいや。令哉のほうが楽しんでるんだから、いいの。じゃあ、お母さんによろしくね。また来てね」

「はい」

ということで、帰りも二分歩く。

今回も数えてみたら、百四十七秒かかった。部屋の前まではなく、アパートの敷地に入るところまでで だ。二十七秒オーバー。帰りなので、油断した。何も考えず、ぼんやり数えてしまった。

せめて少しでも挽回《ばんかい》しようと、階段を駆け上り、急いでドアのカギを開けてなかに入った。すぐに日々の絹を冷蔵庫にいれて、豆腐係の役目は終了。買物自体にかかった時間は六分ぐらいで、福と令哉くんと遊んだ時間は六十分。十倍。買物のついでに遊んだというよりは、遊ぶついでに買物をした、みたいになってしまった。いつもそうだけど。

その後、お母さんは午後七時に帰ってきた。今日は早番なのだ。

遅番だと、九時近くになる。そんな日は、ぼくの晩ご飯を用意していってくれる。オムライスとか、そういうのになることが多い。ぼくはそれをレンジでチンして食べる。トマトジュースはそんなに好きではなくてもケチャップは好きだから、たっぷりかけてしまう。お母さんがいないから、かけ放題。黄色と赤を半々ぐらいにしてしまう。

あとは、インスタントのコーンスープとかわかめスープとかを飲む。ガスコンロではなく、電気ポットでお湯を沸かして。一人のときはガスをつかわないよう言われているのだ。ぼくはもう一人でもつかえるけど、お母さんは心配する。電気ポットだと沸かすのに三十分ぐらいかかったりするから、早めにコンセントを入れておかなければならない。どうしてもそれを忘れ、スープなしになったりする。オムライスを食べ終えた十分後にスープだけ飲んだりもする。

でも今日は早番だからだいじょうぶ。お母さんがこれからご飯をつくってくれる。

「ただいま」

「おかえり」

「ごめんごめん。遅くなっちゃった」

「そんなに遅くないよ」

「もう一本早い電車に乗れるかと思ったけど、無理だった」

「そんなに変わるの？」

「変わるの。そこだけ、何だか知らないけど十分以上空いちゃうのよ」

「そのくらいならいいよ」

「でも七太、お腹空《す》いちゃうでしょ？」

「だいじょうぶ。おばあちゃんのとこで、令哉くんとおやつ食べたから。カントリーマアム」

「あ、いいなぁ。お母さんも好き。今度買おうね」

「うん」

「で、お豆腐を買ってきてくれたのね？」

「買った。日々の絹、二つ」

「ありがとう。じゃあ、さっそくそれをつかおう。お味噌汁に入れる。それとも豚汁にしようかな。お豆腐たっぷりの。どっちがいい？」

「うーん。豚汁」

「じゃあ、豚汁。あとはししゃもね。今買ってきたから」

「お腹に卵がいっぱい入ってるやつ？」

「そう。好きでしょ？」

「うん」

魚のなかではかなり好きなほうだ。一位は鮭で、二位はたらこで、三位がそれ。あの卵のところはもうほとんどたらこ。だから二位と三位はほぼ同じと言ってもいい。

「ほかのお魚も好きになってくれるといいんだけど。いわしとか」

「骨が多いのはいやだよ」

「その骨に栄養があるの。カルシウムとかマグネシウムとか。じゃあ、とにかくすぐつくるね。待ってて」

そう言って、お母さんは晩ご飯の支度にかかる。

できるのを待つあいだ、ぼくは図書館で借りてきた本を読む。返却日まであと二日。急がなければならない。

図書館では、二週間で十冊借りられる。そんなに借りても読めないから、ぼくはいつも二冊。でもこないだは読みたいのがあったので、三冊借りたのだ。借りて読まないのはいやだから、読む。急ぐ。

一昨年から、お母さんは町屋で働いている。駅前の店で婦人服を売っている。それまでは近くのコンビニで働いていた。でもそれは短い時間、パートだった。今はちがう。普通に長く働いている。

町屋は、ここ葛飾区の隣の隣の荒川区だ。北に足立区、南に墨田区を、それぞれちょっとずつ挟んでいる。でも本当にちょっとだから、近い。堀切菖蒲園からは京成で三つめ。京成関屋、千住大橋、町屋、だ。あいだの二つだけが足立区。

お母さんは休みの日も仕事帰りのときも、堀切菖蒲園の駅前のスーパーで買物をする。買おうと思えば、豆腐もそこで買える。そのほうが安いし、めんどくさくもない。でもそこでは買わない。日比野豆腐店の豆腐のほうがいいと、ぼくが言うからだ。自分で買いに行くから、ともぼくが言うので、実際にそうなっている。

本当は、ダメなのだ。いや、日比野豆腐店の豆腐はおいしくてすごくいいんだけど、ダメなのだ。

ぼくはお母さんと二人暮らし。働いているのはお母さんだけ。たぶん、お父さんがいたときよりも、お金のやりくりは大変。そして日比野豆腐店の豆腐は高い。日比野青絹より少しは安い日々の絹でもやっぱり高い。スーパーのにくらべれば、かなり。だから、本当はもっと安いスーパーの豆腐を買うべきなのだ。それはぼくもわかっている。小四でも、そのくらいのことはわかる。

問。神田くんのおウチにはあまりお金がありません。どちらを買うべきですか?

A、スーパーの安い豆腐　B、日比野豆腐店の高い豆腐

正解は、A、スーパーの安い豆腐。ぼくもそこはまちがえない。学校のテストでそんな問題が出されたら、Aと答える。正解する。でもテストでないなら、まちがえてしまう。わかってはいるのに、日比野豆腐店の豆腐がいいと、お母さんに言ってしまう。

晩ご飯ができあがったのは、午後八時前。

まずは手を洗う。それはもう習慣になった。コロナからずっとそうなのだ。学校でもそうさせられてきたし、家でもそうさせられてきた。何かを食べる前には必ず手を洗うこと。先生からもお母さんからも言われつづけてきた。

ダイニングキッチンにあるテーブル。その前のイスに座る。お母さんと向かい合わせになる。前はちがった。お父さんがいたときは、お父さんがそこに座っていた。ぼくは壁に向かう位置。お父さんを左に、お母さんを右に見る位置だった。それでどちらとも話をすることができた。でも今はこうだ。前にぼくがつかっていたイスは、つかわれていない。

お母さんと二人、いただきますを言って、食べはじめる。

ししゃも。頭とかは苦いけど、卵のところはおいしい。まさにたらこだ。この卵のところだけスーパーで売ってくれないかな、といつも思う。

今日も思っていると、真正面にいるお母さんが言う。

「七太」

「ん?」

「今度の土曜日、上川《かみかわ》さんが来るから」

「あぁ。うん」

上川豊介《とよすけ》さん。お母さんが働いている店の社員だ。お母さんは店員で、上川さんは社員。お母さんより三歳上。だから同じくお父さんよりも三歳上だ。

「土曜日、休みなの?」と訊いてみる。

「休みじゃない。次の日曜日が休み。久しぶりの日曜休みなんで、土曜日の晩ご飯に呼ぶことにしたの。上川さんも、日曜日はちょっと用事があるって言うから」

「ふぅん」

そうとしか言いようがない。ほかにもっと何か言うべきかと思って考えてみるけど、何も浮かばない。

あきらめて、言う。

「ししゃも、うまい」

ぼくは神田七太だけど、お父さんは毛利瑞郎。

お父さんは豆腐が好きだった。ぼくも好きだ。味噌汁の具は絶対に豆腐だよなぁ、とお父さんはよく言っていた。ぼくもそう思う。

試しに今度豆腐屋さんで買ってみるか。ほら、すぐそこに豆腐屋さんがあるから。

お父さんがそんなことを言い、試しにその豆腐屋さん、日比野豆腐店で、お母さんが豆腐を買ってきた。せっかく高いお豆腐だからと、冷奴みたいにして、まずはそのまま食べた。おいしかった。それまで食べていた豆腐よりも、何というか、みっしりしている感じがした。

うわ、うまいな、とお父さんが言い、
うまい、とぼくが言い、
ほんと、おいしい、とお母さんが言った。

ぼくが保育園児だったころの話だ。

それから毛利家は日比野豆腐店で豆腐を買うようになった。毎日ではなかったけど、週に一度は買った。夏は冷奴にするので、ほぼ毎日買った。お父さんもぼくも、夏に限らず、毎日冷奴でいいのだ。冷奴親子、とお母さんが笑っていた。

お父さんの仕事が休みの日には、よく三人で買物に行った。まずは駅前のスーパーでいろんなものを買った。お父さんは買物カゴ係。お母さんが買うものを選んでそのカゴに入れた。お菓子については、ぼくも選んだ。それは高いからこっち、とお母さんに選び直されたりもした。お母さんに見えないところでお父さんがぼくの好きなハイチュウをこっそり買物カゴに入れてくれたこともある。魚のパックの下なんかに隠して入れたのだ。気づいたぼくに、お父さんは、いいから、とばかり、人差し指を口に当ててみせた。

レジで支払いをすませたあとで、お母さんが言った。

七太、ハイチュウ入れたでしょ。

すると、お父さんは言った。

ちがうよな、七太。ハイチュウが勝手に入ったんだよな。

買物カゴに勝手に入るハイチュウ、を想像して、ぼくは笑った。

そしてスーパーでの買物を終えると、ぼくらは帰りに日比野豆腐店に寄って、豆腐を買うのだ。最後の仕上げみたいな感じで。

たまにはちょっと贅沢をして一番高い豆腐を買ったりもした。日比野青絹、だ。青い大豆をつかってるとかで、豆腐自体がちょっと青い。白は白だけど、青味がかっているのだ。これは本当においしい。一度に一丁食べられそうだ、醤油なしでもいけそうだな、とお父さんは言っていた。でもいつもは、日々の絹。これでも充分おいしい。

木綿も好きだけど、ぼくはやっぱり絹ごしが好き。お父さんもそうだった。というか、お父さんがそうだったから、ぼくもそうなのだと思う。

お父さんは、お母さんと同じで、今、三十九歳。レストランをやる会社で働いていた。ステーキとかハンバーグとかを出すレストランだ。

ぼくも何度かお店に食べに行ったことがある。ステーキよりハンバーグのほうが好きなので、ぼくはいつもそっちにした。お母さんもだ。ぼくは目玉焼きが付いてくるやつで、お母さんは大根おろしが載ってる和風のやつ。

でもお父さんはその会社をやめてしまった。それが三年前。コロナがひどかった時期。

そう。そこでもコロナがよくなかったのだ。

レストランにはお客さんが来なくなり、お店も開けられなくなった。都だか国だかから、開けないでくれと言われていたのだ。食べもの屋さんはほとんどがそう。その場で食べさせるのでない日比野豆腐店でさえ、店を閉めたりしていた。

お父さんの会社も、すごく厳しかったらしい。店をいくつか閉めたりもしたらしい。この閉めるは、完全に閉店する、やめる、の閉めるだ。

そもそもレストランをやる会社なのだから、店を閉めれば仕事は少なくなる。人もそんなに必要ではなくなる。お父さんは、やめろと会社に言われたわけではないらしいけど、やめることにした。そうしたほうがいいと、自分で思ったのだ。

すべてにおいて、そう。コロナはみんなに迷惑をかけた。ぼくのお父さんにも、令哉くんのお父さんにも。

会社をやめたあと、お父さんはすぐに次の仕事を探した。でもいいものはなかなか見つからなかった。コロナだから、どの会社も、そんなに人を雇ったりはしていなかったらしいのだ。

そのせいでもあったのか、お父さんは、お母さんとうまくいかなくなってしまった。それまでは一度もしなかったケンカを、何度もするようになった。やめないほうがよかったんじゃない？　とお母さんが言い、やめなくてもいつかは切られてたよ、とお父さんが言う。でもせめてそのときまでは、とお母さんが言い返し、切られるのを待つなんていやだろ、とお父さんも言い返す。そんなケンカだ。

そしてじきに話をしないようになり、目も合わさないようになった。最後には離婚してしまった。それがちょうど二年前。ぼくが小学二年生のときだ。その二月。

ごめんな、七太、とお父さんはぼくに謝った。

ごめんね、七太、とお母さんもぼくに謝った。

謝るくらいなら離婚しないでよ、とぼくは言ったけど、どちらからも返事はなかった。

お父さんとお母さんの離婚で、ぼくの名字は変わった。毛利から神田になった。お父さんと結婚する前のお母さんの名字だ。二年生の終わりまでは毛利のままでいて、クラス替えもある三年生になるときに神田にした。

名字が変わるのは珍しいことだけど、まったくないことではない。同じクラスの梅垣《うめがき》由凜《ゆりん》も去年の四月に変わった。宮部《みやべ》から梅垣になった。四年生になるときにクラス替えはなかったけど、区切りということでそうしたらしい。

両親が離婚しても、お父さんに引きとられたら名字は変わらない。お母さんに引きとられたら変わる。だいたいはお母さんに引きとられるから、そうなる。

ただ、お母さんに引きとられたとしても、変えなければいけないということではない。別に変えなくてもいいらしい。でも変える人が多い。別れたお父さんの名字のままでいるのはいや、となってしまうからだろう。確かに、もうお父さんはいないのにお父さんの名字のままでいるというのは変だ。だから変わるのはしかたない。

と、ぼくも思ってはいるけど。お父さんがいないことに慣れないのと同じで、新しい名字にもなかなか慣れない。ぼんやりしていると、自分がまだ毛利であるような気になってしまう。神田くん、と後ろから呼ばれてもすぐには振り向けなかったりする。もう一度呼ばれてやっと、あぁ、そう、ぼく神田、と振り向くのだ。

　梅垣由凜も似たようなことを言っていた。梅垣はちょっと変わった名字でもあるからそれに反応しないことはないけど、宮部にも反応してしまうらしい。それもわかる。ぼくも毛利には反応してしまう。

　毛利家が住んでいたのは、堀切にあるアパート。神田家になった今も、それは変わっていない。お母さんとぼくはまだそこに住んでいる。お父さん一人が出ていったのだ。ぼくが転校したりしなくてすむように、そうしてくれたらしい。それについては、お父さんとお母さんが話し合った。もう話さなくなっていた二人だけど、そこはちゃんと話した。

　転校は、確かにしたくないので、それはよかった。お父さんがいなくなるうえに転校。いちどきに二つはきつい。わけがわからなくなりそうだ。自分が誰で今どこにいるのか、本当にわからなくなってしまいそうだ。でもたぶん、その二つがいちどきに来てしまう子も、いる。両親が離婚したあと、お母さんの実家に帰ったりする人も多いみたいだから。

　ぼくのお母さんの実家があるのは、三重県の津市。そこに帰ろうという話にはならなかった。帰っても居場所はないのだ。おじいちゃんとおばあちゃんと伯父さん家族で、実家はもういっぱいだから。ぼく自身、行きたくはない。いきなり遠くに引っ越したくはない。津はすぐそばに伊勢湾があっていいところだけど、今から移り住みたいとは思わない。たまに遊びに行くくらいでいい。

　そんなわけで、お母さんとぼくはもとのアパートに住んでいる。2DK。お母さんは狭いと言っていたけど、広くなってしまった。三人が二人になり、お父さんの持ち物はすべてなくなってしまったから。家が広くなるのはいいことかもしれない。でもその広くなり方は、よくない。

　そして土曜日。その家に、上川さんが来た。

　上川さん。これまでにぼくは二度会っている。一度めは東京スカイツリーで。二度めは東京ディズニーランドで。家に来るのはこれが初めてだ。

　外で会うのと家で会うのはちがう。家のほうが楽かといえば、そんなことはない。むしろ緊張する。家は、家。ぼくがいつもいる場所。外に出かけたときも最後には帰る場所。そこからはもうどこへも帰れない。逃げられない。

　上川さんは、悪い人ではない。と言うのは何かずるいので、ちゃんと言うと、いい人だ。お母さんと同じで、一度離婚している。でもそれはかなり前。二十代のころだそうだ。子どもはいない。そこはお母さんとちがって。

今は東京の西のほうに住んでいる。世田谷区。豪徳寺というところ。会社が渋谷区にあるので、そうしているらしい。その豪徳寺から堀切菖蒲園までは一時間近くかかるそうだ。

お母さんも言っていたように、今日は晩ご飯を一緒に食べることになっている。早番だから、お母さんは午後七時に帰ってきた。駅前のスーパーに寄ってのその時間だ。上川さんが来たのが七時半。そう約束していたらしい。

お母さんに頼まれていたので、ぼくは昼のうちに日比野豆腐店で豆腐を買っておいた。いつもの、日々の絹、ではない。日比野青絹、だ。

お母さんと七太が好きなお豆腐を上川さんにも食べてほしいから、とお母さんは説明した。だったらいつも食べている日々の絹にするべきじゃないかとぼくは思ったけど、そうは言わなかった。お客さんが来たときにいつもよりいいものを出すのは当然、という気もしたから。

豆腐を買ったとき、日比野豆腐店の初おばあちゃんにはこう言われた。

あら、今日はこっち？　いいの？

いいです、とぼくは言った。お母さんがそうしたいみたい、とも言ってしまった。

日比野青絹は確かにおいしい。ただ、いくらおいしいと言っても、冬に冷奴はないんじゃないかな。それを歓迎するのは、ぼくとお父さん、冷奴親子ぐらいじゃないかな。

ぼくはそうも思ったけど、お母さんはちゃんと考えていた。湯豆腐にしたのだ。いや、正しくは、水炊き。豆腐だけでなく、鶏肉も野菜もたっぷり入れた鍋。

お母さんは上川さんとぼくに言った。

「これなら手間がかからないから。料理の腕もごまかせるし」

謙遜《けんそん》だと思う。お母さん、料理の腕はいいのだ。それはお父さんも言っていた。お母さんは料理がうまいと。

ダイニングキッチンにあるテーブル。今はいつもぼくが座っている席、つまり前はお父さんが座っていた席に上川さんが座るのかなと思ったら、そうじゃなかった。お母さんとぼくはいつもどおり向かい合わせ。上川さんが、前にぼくが座っていた壁に向かう席に座った。

鍋の準備が整うのを待つあいだ、ぼくは上川さんと話をした。そうするしかないから、した。でも大人と何を話せばいいかわからない。しかも二度しか会ったことがない人だから、なおわからない。初めて会った人とのほうが、まだ話せるかもしれない。自分はどこの学校に通っていて、今四年生で掲示係をやっていて、みたいなことは言えるから。

そんなことは、東京スカイツリーと東京ディズニーランドでもう言ってしまった。だからほかに何があるか考え、ぼくは福の話をした。日比野豆腐店の猫、日比野福の話だ。

今から食べる豆腐はぼくが買ってきたこと。ぼくはよく豆腐を買いに行くこと。買いに行くその日比野豆腐店に猫がいること。店の上の二階と三階で飼われていること。ぼくが豆腐を買いに行くと、店のおばあちゃんが二階に上げてくれるので、そこで猫と遊ぶこと。猫の名前は福で、黒白ぶちの八割れ猫であること。ぼくと同じ十歳であること。でも猫の十歳は人なら五十六歳であること。

「へぇ、豆腐屋さんに猫がいるのか」と上川さんは言った。「いいね。お店に出たりもするの？」

「それはしない」とぼく。「食べもの屋さんだから」

「どうなんだろう。ダメなのかな。猫カフェとかよくあるよね。あれがだいじょうぶなら、店にいるのはだいじょうぶそうだけど」

「わかんないけど。福は、いない」

「七太くんは、猫、好きなの？」

「福と遊ぶようになって、好きになった。初めは犬のほうが好きだったけど、今は猫かも」

「そうか。まあ、かわいいもんね。猫」

「うん。福はおじさんだけど、かわいい」

「そういえば、僕が住んでる豪徳寺にも、そのもの豪徳寺っていうお寺があって、招き猫が有名だよ。実際、たくさん置かれてる。そこが招き猫発祥の地だという説もあるみたいで。今度、お母さんと一緒に来ればいいよ。そのときは案内するから」

招き猫。福猫。まさに福だ。福も、そうなってくれるよう、初おばあちゃんが名付けたらしい。日比野福。日々の福。でもぼくは、生きている猫だから、というか福だから好きなのであって、招き猫が好きなわけではないかもしれない。

そして鍋の準備完了。水炊きにはしたものの、お母さんは上川さんに日比野青絹をそのまま少し食べさせもした。小皿に取り分けておき、こう言ったのだ。

「まずはこっちを食べてみて」

「ん？」

「七太が今言ってたお豆腐屋さんのお豆腐。七太とわたしが好きなお豆腐。青大豆というのをつかってるらしくて、うっすら青いの」

「あぁ。ほんとだ」

「このままでもおいしいから」

言われるまま、上川さんは食べてみる。豆腐だから、何度も嚙む感じはない。ひと嚙みして、飲みこむ。

「うん。確かにおいしいね。大豆の味がちゃんとするわ。大豆からつくられてるんだって、ちゃんとわかる。豆腐屋さんの豆腐か。一丁いくらするの？」

「四百円」

「えっ、そんなに高いの？」と上川さんが声を上げる。「スーパーなら七十円とか八十円とかだよね。いってもせいぜい百いくらでしょ。四百円は高いなぁ」

「高くないよ」とついぼくは言ってしまう。

言ってから思う。怒ったみたいな声、不機嫌な声になってしまったな、と。

でも、言い直しはしない。いや、やっぱり高くない、とは言わない。

「神田くんち、猫いないよね」と植草朱緒《うえくさあかお》が言い、

「ん？」とぼくが言う。

「家で猫飼ってたり、しないよね」

「あぁ。飼ってない。ウチはアパートだから」

「ウチもそう。マンションだから飼えない。飼っていいマンションもあるみたいだけど、ウチはダメ」

「飼ってたら、鳴いたり走りまわったりしちゃうもんね」

「うん。うるさいとか言われたりするのかも」

「たぶん、そんなにうるさくはないけどね」

「そうだよね」

「猫、好きなの？」と訊いてみる。

「好き。大好き。飼いたい。イトコんちが飼ってるんだけど、そこ行ったらずーっと遊んでる。茶トラ猫。わかる？　茶トラ」

「うん。茶色っぽいシマシマの」

「それ。ムチャクチャかわいいの。かわい過ぎて、ギュ～ッてしちゃう。ひっかかれない程度に」

「イトコんちってどこ？」

「岡山」

「って、遠いんだよね？」

「うん。大阪の向こう。神戸より向こう。だからそんなには行けない。おじいちゃんちとはまた別だし」

「おじいちゃんちはどこなの？」

「和歌山」

「岡山と和歌山って、遠いんだっけ」

「遠い。名前は一字ちがいだけど、結構離れてる」

植草朱緒はクラスメイトだ。今は席も隣。だからこうやってよく話す。

夏休みが終わって、二学期から隣になった。九月に席替えをしたのだ。それからは毎日話している。コロナがひどくなくなったから、もう普通に話せるのだ。親に言われてマスクをしている子もいるけど、もうしていない子のほうが多い。朱緒もぼくもしていない。だから顔もはっきり見える。見ながら話せる。

それで。ぼくは朱緒が好きだ。初めは話しやすいから話しているだけだったけど、毎日話しているうちに好きになった。

そうだと気づいたのは去年。十二月だ。二学期の終わり。その二学期の席替えで朱緒と隣になったことをまず思いだした。で、三学期にまた席替えをされたらいやだな、と思った。朱緒と隣のままでいたいな、と思ったのだ。

迎えた三学期。一学期二学期とちがって三学期は短いから、ということで、席替えはなかった。すごくうれしかった。いい判断をした志村先生にお礼を言いたくなった。志村先生自身は席替えをするのがめんどくさかっただけかもしれないけど。

でもそのことでぼくは自分が朱緒を好きなのだとはっきりわかった。

そしてこんなふうに朱緒を好きになった今、ぼくはお母さんのことを考える。これまでは、そんなに考えなかった。でも今は考える。お母さんはやっぱり上川さんのことが好きなのだと思う。もう、お父さんよりもずっと。それはそうだ。そうに決まっている。お父さんとは離婚してしまったのだし。

上川さんと話しているときのお母さんは、楽しそうだ。朱緒と話しているときのぼくが、たぶんそうなっているみたいに。お父さんと離婚したばかりのときは、いつも悲しそうだった。あまり笑うことがなかった。一年ぐらいはそんな。いや。ぼくが三年生のときはずっとそうだったから、一年以上だ。

去年の十一月、上川さんと東京スカイツリーに行ったとき、久しぶりにお母さんの笑顔を見た。ちょっと笑うとかじゃなく、ちゃんと長く続く笑顔だ。十二月、東京ディズニーランドに行ったときもそうだった。そしてこないだの土曜日、ウチで水炊きを食べたときもそう。

ただ、そのときは、ぼくがいやな感じにしてしまった。日比野豆腐店の豆腐が高いと言った上川さんに、高くないよ、と言ってしまったのだ。

高いけどおいしいわよね、とすぐにお母さんが言った。日比野豆腐店の豆腐が高いのは事実。スーパーの豆腐よりは高い。何倍も高い。上川さんはそれを言っただけ。高くない、とぼくが事実をねじ曲げただけ。お母さんも上川さんも、いやな気持ちになったはずだ。

人が人を好きになって、結婚する。そんなに好きじゃなくなると、離婚する。それはわかっていた。でもその好きというのが、ぼくにはよくわからなかった。これがそうなのだ。朱緒に対するぼくのこの気持ち。これが、好き、ということ。ぼくにとっての朱緒がお母さんにとっての上川さん。そういうことなのだと思う。

朱緒は双子。朝緒《あさお》という妹がいる。双子だから歳は同じ。顔も同じ。双子だけど顔はちがう人たちもいるらしい。でもこの二人は同じだ。そっくり。コロナでマスクをしていたときも同じだったけど、外してもやっぱり同じだった。まるで見分けがつかなかった。

でもぼくは朱緒が好き。朝緒じゃなくて、朱緒が好き。自分でも不思議だけど。朱緒は同じクラスだからというだけかもしれないけど。

朝緒は今、隣の熊坂晴彦《くまさかはるひこ》先生のクラスにいる。ぼくも一、二年生のときは熊坂先生のクラスで朝緒と一緒だった。朱緒とは別で、朝緒と一緒。二年ごとにやるクラス替えで担任が今の志村先生になり、朱緒と一緒になった。

一、二年生のときに朝緒が好きだったかと言うと、そんなことはない。ぼくがまだ小さくて今以上に、好き、がわからなかっただけかもしれないし、席が隣にならなかったからそうならなかっただけかもしれない。とにかく、今朱緒に感じているような気持ちにはならなかった。

そのときになったとすれば、宮部由凜に対してだ。そう。去年の四月から梅垣に変わった宮部由凜。その由凜とは、一年生から四年生までずっと同じクラス。今考えれば、二年生のときのぼくは由凜が好きだったかもしれない。でも三年生でのクラス替えを経て一緒になってみたら、朱緒が好きになった。

朱緒と同じクラスになれてよかった。できれば、というか絶対に、次も同じクラスになりたい。五年生になる四月には、またクラス替えがあるのだ。これは席替えのようにはいかない。小学校はあと二年と短いからクラス替えはなしにしましょう、とはならない。志村先生が勝手にそう決めるわけにもいかない。

担任も、またその志村先生がいい。若くて、明るくて、何かいいのだ。熊坂先生はもう三十七歳だが、志村先生はまだ二十六歳。休みの日には韓流ドラマを観ているらしい。デートとかしないんですか？　とクラスの女子に訊かれて、お相手がねぇ、と答えていた。

うそっぽい、と朱緒は言っている。何でわかるの？　とぼくが訊いたら、女の勘、と答えた。女の勘は男の勘より当たるのだそうだ。

その朱緒は、このクラスの高池竜樹《たかいけりゅうき》くんのことが好きっぽい。というぼくの男の勘は外れてほしいけど、残念ながら当たりそうだ。高池くんは勉強ができて足も速いから。ぼくより勉強ができて、ぼくより足も速いから。

「あーあ。誰か猫飼ってる人いないかなぁ」と隣で朱緒が言う。

「豆腐屋さんが飼ってるよ」とぼく。

「ん？」

「日比野さん。日比野豆腐店」

「あぁ。お豆腐屋さん。そうなんだ？」

「そう」

「お店にいる？」

「お店にはいない。二階にいるよ。二階と三階で飼ってる」

「だから見ないんだ、お店では」

「お店、知ってるの？」

「うん。たまにお母さんと豆腐を買いに行く。おいしいよね、あそこの」

「おいしい。ウチもよく買うよ」

「あと、大きいがんもとかも買う」

「五目がんも。あれもいいよね」

「で、何、神田くんは、猫のことも知ってるの？　お店にはいないのに」

「知ってるよ。よく遊ぶ」

「ほんとに？」

「ほんとに」

「何で？」

「豆腐を買いに行くと、あそこのおばあちゃんが、福と遊んでってって言ってくれるの。で、令哉くんていう高校生のお兄ちゃんがいるから、二階に上がって遊ぶ。福とその令哉くんと」

「福っていうの？　猫」

「そう」

「福猫の福だ」

「そうみたい」

「何猫？」

「黒と白のぶち。八割れってわかる？」

「わかる。顔に八って書いてある猫でしょ？」

「うん。福はそれ」

「うわ、かわいい！　いいなぁ。ねぇ、それ、わたしも行っちゃダメ？」

「ダメではないと思うけど」

思うけど、どうなのだろう。いいよ、とぼくが言ってしまえることでもない。一度に二人も来たら、初おばあちゃんも令哉くんも困るかもしれない。

「朝緒も一緒にいい？」

「あぁ。えーと」

増えた。一度に三人。どう、なのだろう。

「朝緒も好きなの、猫」

双子だと好きなものも同じなのか。それとも、たまたまなのか。まあ、猫が嫌いな女子はそんなにいない。たいていの女子は猫が好きだ。

と思いながら、言う。

「じゃあ、明日行くから、訊いてみるよ。おばあちゃんに」

「お願い。福、見たい！　遊びたい！」

訊くぐらいはいいだろう。朱緒もたまには豆腐を買いに行くというのだから。もしかしたら、初おばあちゃんも朱緒のことを知っているかもしれない。双子なら目に付くし。

で。

明日行く、のその明日。土曜日。ぼくは実際に日比野豆腐店に豆腐を買いに行った。

こないだは水炊きで、今日は麻婆豆腐。だから神田家の豆腐係として、昨日のうちにお母さんに頼まれていたのだ。七太、お願いね、と。

つかう豆腐は、日比野純木綿。絹ごしではなく、木綿。絹ごしでも麻婆豆腐はつくれるが、木綿だと形が崩れないのでつくりやすいそうだ。

「三人分だと一丁でもいいみたいなんだけど、丸々二丁。せっかくのいいお豆腐だから、普通の麻婆豆腐よりも一つ一つを大きめに切りました。だから、真っ白な部分が残ってるのは、これ、わざと。お豆腐そのものの味も活かそうと思ったの」

お母さんはそんなふうに説明した。上川さんとぼくに。

三人でいただきますを言って、食べてみた。確かに豆腐は大きかった。普通の麻婆豆腐の豆腐の倍くらいあった。お母さんが言うように、真っ白な部分も残っていた。カレーと白いご飯がはっきりと分けられているカレーライスみたいなものだ。

おいしかった。デカ豆腐麻婆。こんな麻婆豆腐もいい。あぁ、木綿もおいしいんだな、とぼくは思った。お母さんはやっぱり料理がうまいんだな、とも。

それを上川さんが言ってくれた。

「木綿もおいしいんだね」

「でしょ？」

「咲子さん、料理うまいね」

「ありがとうございます。七太はどう？　おいしい？」

「うん。そんなに辛くなくておいしい」

「よかった」

結構たくさん食べた。豆腐がお米代わりになるから白いご飯はいらないかと思ったけど、そっちも食べた。絹ごし麻婆よりは硬さがある木綿麻婆のほうがご飯に合うような気がした。

今日も前回と同じ席。お母さんとぼくが向かい合わせ。それぞれのななめの位置に上川さんがいる。

食べながら、お母さんが言う。

「七太」

「ん？」

「お父さんね、またレストランをやる会社で働くようになったんだって。前とはちがう会社。そこに採用されたの」

いきなりお父さんという言葉が出てきて、驚く。いいの？　と思ったのだ。上川さんの前で言っちゃっていいの？　と。

　上川さんは何も言わない。ただおいしそうに麻婆豆腐を食べているだけだ。ご飯の上に麻婆を載せて麻婆丼のようにしている。もしかしたら、先にお母さんに聞いていたのかもしれない。

「今度は和食も出すお店。七太と次に会うときは連れていくって言ってた」

「そう、なの」

「そう」

　お父さんとお母さんは離婚した。でもぼくがお父さんとまったく会えなくなったわけではない。半年に一度は会うことになっている。

　土曜日か日曜日の午前中に会って、昼ご飯を食べて、夕方に別れる。お父さんは午前中に堀切菖蒲園駅でお母さんからぼくを預かり、夕方に同じ堀切菖蒲園駅でお母さんにぼくを引き渡すのだ。

　お父さんとぼくは、遊園地に行ったり水族館に行ったりする。前回は東京ドームシティアトラクションズに行った。東京ドームのわきにある遊園地だ。そのときもお父さんはどこかで働いていた。でもアルバイトみたいな感じだったらしい。今はそうでなくなったのなら、よかった。

　上川さんの前でお父さんの話ができたのも、よかった。これまではしたことがなかったのだ。東京スカイツリーのときも、東京ディズニーランドのときも。こないだの水炊きのときも。

　その上川さんは、やっぱり何も言わない。お父さんに会ったことはないだろうから、何も言いようがないのかもしれない。

と思っていたら、言う。

「七太くん」

ドキッとしつつ、ぼくは上川さんを見る。

「こないだはああ言っちゃったけど。七太くんが正しかったよ。高くない」

「ん？」

「ちゃんと値段に見合ってる。いや、それ以上かもしれない。この豆腐は、ちっとも高くないよ」

断章　日比野福

我は弄《もてあそ》ばれている。何にって、人間のメスに。

といっても、初ばあや咲子さんではない。朱緒と朝緒だ。我が神田七太以外では久しぶりに会う、日比野家の者でない者。

その七太が、朱緒と朝緒を連れてきた。七太が連れてきたかったというよりは、朱緒と朝緒が連れてきてもらいたがったらしい。

まずは階段を上る音が聞こえてきた。我の聴覚は優れているから、令哉と七太の足音はわかる。そこに知らない音が二つ交ざっていた。そして朱緒と朝緒が居間に入ってきた。

二人は、見るなり我に駆け寄ってきた。攻撃されるのかと、我は一瞬身がまえた。攻撃は、されなかった。頭を撫でられ、背中を撫でられ、前足後ろ足を撫でられた。計四本の手でそれをされた。顔を間近に寄せられもした。朱緒と朝緒の顔、二つを一気にだ。我ら猫の顔はそれぞれ明確にちがうが、人間の顔は皆似ている。朱緒と朝緒は特に似ていた。

令哉が三人に緑の飲みものを出した。菓子も出した。噛むとパリパリいう初ばあ好みのそれではなく、噛むとモサモサいう甘ったるい匂いのそれだ。七太が来たときの菓子はそうなることが多い。

いくらか興味を引かれたので寄ってみたが、福はクッキーはダメ、と令哉が言い、我からそれを遠ざけた。ならばこれを食らえ、と、令哉が言うところの猫パンチをお見舞いしてやった。その令哉が代わりにと出してきたのが豆腐だ。日比野家の者たちがこの下、一階でつくっている豆腐。それなら我も食していいらしく、たまに出されることがあるのだ。あくまでも少量だが。

茹《ゆ》でて冷ましてから、出される。今日もそう。令哉がそうした。料理も掃除も洗濯もできない令哉だが、その程度のことはできるのだ。

で、我、頂く。豆腐を食す。やわらかい。人間が言うとおり、その角に頭をぶつけて死ぬことはできない。食すのに歯はいらない。上あごと舌があれば充分。その二つで挟むだけで、ぶにゃん、となる。食べものだが、飲みものに近い。このぶにゃんの感覚は、案外いい。

初めて食したときは、味がない、と思ったが、じきに慣れた。何度か食しているうちに味が出てきた。ないなりに味があることがわかった。結果。我、結構好き。

朱緒が言う。

すごい。猫も豆腐食べるんだ。

朝緒も言う。

味ないのに、おいしいのかな。

いや、これは我の誤《あやま》りかもしれない。すごい、が朝緒で、味ないのに、が朱緒かもしれない。

令哉が言う。

味、あるでしょ。

七太も言う。

味、あるよ。

その後も、我は、朱緒朝緒と戯《たわむ》れる。二人は我をかわいいかわいい言う。我が何をしても言う。歩いても言う。座っても言う。箱に入っても言う。ソファでぐで〜んとしても言う。やはり人間は我ら猫のことが好きだ。好きすぎる。

もっといっぱい豆腐を買うから、また遊びに来ていいですか？

帰り際に朱緒だか朝緒だかがそう尋ねると、令哉はいくらかカッコをつけてこう答える。

別に豆腐を買わなくても遊びに来ていいよ。ただ、お父さんお母さんにはちゃんと説明してね。おれが小学生を家に上げたがるヘンタイ高校生だと思われたら困るから。

朱緒か朝緒が言う。

やった！　うれしい！

もう一人の朱緒か朝緒が言う。

来よう来よう！　毎週来よう！

そして我がふと気づけば。いつの間にか清道がいる。いつものように、居間の隅に立っている。初ばあと咲子さんと令哉。家族三人がそろっているのでないときに出てくるのは珍しい。聞き慣れない人間のメスの声がしたから、いったい何ごとかと思ったのかもしれない。

今日も清道は笑っている。心なしか、いつもより楽しそうに見える。

日比野《ひびの》令哉《れいや》

高校へは自転車で通ってる。チャリンコ通学。チャリ通。

ほぼ直線だが、信号が多いので、二十分かかる。信号。マジで多すぎ。でも絶対に守れと学校からは言われてる。もちろん、守らないとあぶないからではあるだろう。と同時に、あそこの生徒たちはよく信号無視をする、と言われたくないからでもあるだろう。

台風や雪といった天気が荒れ荒れの日は、バスを乗り継いでいく。京成タウンバスから都営バスに、ＪＲ新小岩駅のとこで乗り換える。

こんなふうに、朝はいつもギリの時間に家を出る。あと五分早く出れば楽なのに、といつも思うが、それができない。必ずギリになる。

まずは七割の力でチャリのペダルを漕《こ》ぐ。いつもは引っかからない信号で引っかかると、かなりあせる。信号には決まったパターンがあるのだ。ここで行けたら次も行ける、とか、ここで引っかかったら次も引っかかる、とか。引っかかりパターンにはまると、ペースは狂う。そうなったらヤバい。ただでさえギリ。遅れを取り戻せなくなる。

だからもう、後半は全力。全速力。今のおれ、京成より速いんじゃね？　と思ったりする。

手足の指先は冷たいままなのに、わきや背中には汗が滲む。冬のそれはカゼにつながりそうでこわい。

今日も見事に遅刻ギリ。ギリもギリ。駐輪場にチャリを駐め、前カゴのかばんを引っつかんで、ダッシュ。鳴りだしたチャイムを聞きながら、そしてゼーゼー言いながら、教室着。セーフ。

担任の数学科宍倉忠信《ししくらただのぶ》先生は、おれより十秒遅れでイン。でもおれが教室に駆けこんだその後ろ姿を見てたらしく、ホームルームを始める前に言う。

「日比野は、もうちょっと早く来るようにな」

「はい」と素直に返事をする。

「今日もこれ、厳密にはアウトだからな」

「え？　でも先生よりは早かったし」

「それは関係ない。チャイムが鳴ったらもうその時点でアウト」

「いや、ちがうんですよ。今日はちょっと信号が」

「信号が、何だ？」

「赤が多くて」

「知らないよ」

「いやがらせみたいに変わっちゃって」

「信号は日比野だけを相手にしてるわけじゃない」

と、まあ、そんなことは言われたが。とりあえず、セーフ。勝利。

それからは、いや〜な寒さを感じさせつつも汗は速攻で乾き、一時間目二時間目と、代わり映えしない授業が続く。おれは各教師の話を聞いたり聞かなかったりして過ごす。授業の一時間ごとに睡魔に勝ったり負けたりもして過ごす。

そして昼休み。持ってきた弁当を食べたあとは、何をするでもなく、やはり、過ごす。

同じく何をするでもない感じの、隣の広岡梓穂《ひろおかあずほ》が言う。

「日比野くん。もっと早く来れば？」

「ん？」

「明日からは、ほんとに遅刻にされちゃうんじゃん？」

「あぁ。でも今日のはセーフだろ」

「いや、アウトでしょ」

「間に合ってたよな」

「間に合ってないよ。もうチャイムは鳴り終わってたし。朝だからごまかせてるだけ。テストの時間にあれなら、受けさせてもらえないかも」

それは、そうかもしれない。学校の中間テストや期末テストならともかく、入試なんかなら無理だろう。

「広岡はいいよなぁ、近くて。歩いて学校に来れるとか、超贅沢じゃん」

梓穂はこの近くにあるマンションに住んでる。徒歩で通ってるのだ。高校で徒歩はうらやましい。

「何分だっけ、歩いて」

「八分」

「走ったら?」

「五分」

「じゃあ、遅刻のしようがねえじゃん」

「しようはあるでしょ。遅刻する人はどんなに近くに住んでてもするよ。逆にしない人は、どんなに遠くに住んでてもしない。距離の問題じゃないんだよ」

「うーん」

それも、そうかもしれない。おれは近くに住んでても遅刻しそうだ。結局、毎日ギリになりそうだ。ならないようにするには、教室に住むしかない。

「中学は? どうだった?」と訊いてみる。

「もっと近い。歩いて六分」

「小学校は?」

「それよりは遠いけど、十分」

「マジか。ずりぃよ」

「その代わり、ウチ、駅が遠いの。歩いて二十五分かかる」

「新小岩?」

「うん」

「じゃあ、反対側の船堀は？　都営新宿線の」

「もっと遠いよ。歩いたら、たぶん四十分近くかかる。ちょうど空白地帯なの、駅の。どっちの駅にも行くバスはあるけど、不便」

「でも、駅にはそんなに行かないだろ？」

「わたしは行かないけど、お父さんは毎日だよ」

「あぁ、そうか」

「新小岩までバス。そこから電車。総武線快速」

「それで、どこまで？」

「新日本橋」

「じゃ、近いじゃん」

「会社自体も駅から近いみたい」

「じゃ、いいじゃん」

「せっかく快速で三駅なのに、自分の家が駅から遠いのはバカらしいじゃない。わたしも大学に行ったらその感じになる。バスは、何かめんどくさいよ。時間どおりに来なかったりもするし。お父さんもそう言ってる。やっぱり駅に近いほうがいいよなぁって」

　何となく、訊いてみる。

「会社って、何の会社？」

「建築関係のメンテナンスとか、そんなの」

「メンテナンス。ってことは、整備？」

「整備とか管理とか、なのかな。わたしも細かいことはよく知らない。日比野くんは？」

「ん？」

「お父さん、何の会社？」

「いや、ウチは」

「何？」

「いないよ」

「え？」

「父親はいない」

「そうなの？」

「そう」

「知らなかった。ごめん」

「いや、いいけど」

「もしかして、離婚とか？」

「じゃない」

そうなると、これしかない。これしかないのだから、言うしかない。

「死んじゃった。亡くなった」

「あぁ。そうなんだ。またごめん」

「いいよ。結構前だし」

「前って、いつ？」

「四年前か。丸四年は経たないけど」

「そんなに前でもないじゃない。中一のときってこと？」

「そう。その父親はちがうけど、会社には、母親が勤めてたよ」

家具やインテリア用品を扱う会社。有名なとこなので、名前も挙げた。

「へぇ。すごい。でも、何、勤めてたってことは、今はもう勤めてないの？」

「うん。会社には勤めてないよ」

「じゃあ、何してんの？」

「えーと、店をやってる」

「店？」

「ウチの」

「え、何、日比野くんち、お店なの？」

「うん」

「何、何、カフェとか？」

「そうじゃないよ」

「じゃあ、美容室とか、理容室とか。あ、でもそういうのは、会社やめたからっていきなりできるものではないか。何？　何のお店？」

「それは、いいよ」

「何でよ」

「別に広岡に言わなくてもいいよ」

「わたしもお父さんの会社のことを言ったんだから、教えてよ」

「いや、いいよ」

「ずるい」

「ずるくないだろ。広岡も、言ったってほどじゃないし。おれも、広岡のお父さんの会社をそこまで知りたかったわけじゃないよ」

「わたしは知りたい」

「何でだよ」

「お店って聞いたら、何のお店？　って思うじゃない。知りたくなるじゃない」

「いいよ、知らなくて」

と、ここでうまい具合にチャイムが鳴ってくれたので、たすかった。昼休みの無駄話、終了。

「さあ、勉強、勉強」とおれが言い、

「よく言うよ。五時間目は絶対寝るくせに」と梓穂が言う。

「メシ食ったら、そりゃ寝るだろ。眠くなるだろ」

「ほんとに寝ちゃうほど眠くはならないよ。夜更かしとかしてるからでしょ」

当たりだ。夜更かしは、してる。そこでも特に何をするわけでもないのだが、ゲームをやったり漫画を読んだりする。朝起きられなくなるのはわかってるが、まだ寝たくないのだ。寝るのはもったいないような気がしてしまう。

遅くまで起きてるからって、母に何か言われることもない。言えないのだ、母自身が寝てるから。午前三時半に起きるので、午後九時半には寝てしまう。だからおれは、フリー。

梓穂は演劇部員。去年も同じクラスだった。ともに文系。今は席も隣。それで去年以上に話すようになった。

女子でそこまで話すのはこの梓穂ぐらいだ。話してて楽だから、何か、話してしまう。消しゴムとかも借りてしまう。梓穂本人が席にいなくても、消しゴムが机に載ってれば借りてしまう。

五時間目。おれは梓穂の予言どおり、寝た。机に突っ伏したりはせず、閉じた目はぎりぎり見られない、という絶妙の前傾姿勢で。

そこでたっぷり睡眠をとったためか、今日は部活に出る気になった。まあ、睡眠をとるとらないで何かが変わるような部活でもないのだが。

おれは写真部員。活動は週四日。楽そうだから入部した。途中から入ったのではなく、ちゃんと一年生の四月から入ってる。とはいえ、今は週二日も出てない。出ても、週一日。幽霊部員だ。でも週一は出るから、わりとはっきりした幽霊。薄めではなく濃いめの幽霊。

中学では、バドミントン部に入ろうか迷いに迷って、入らなかった。中学にバドミントン部があるのは珍しいから、その意味でもちょっと惹かれた。でも入らなかった。普通、迷いに迷ったら最後は入りそうなものだが、おれは入らなかった。迷ったことでもう充分、という気になってしまった。何なら、それで三年間の活動を終えたような気にもなってしまった。

高校の写真部も、似たようなもの。迷いに迷って、入った。迷ったことでやはり三年間の活動を終えたような気にもなったが、まあ、入った。で、幽霊。部をやめてはいない。やるのかやらないのかはっきりしろ、みたいなことを言われたらやめてしまうだろうが、誰にもそんなことは言われないので続けてる。幽霊であり続けてる。

今日は、出る。写真部の普段の活動場所であるパソコン室に行く。

ドアを開けて入っていくと、白木達斗《しらきたつと》に言われる。

「お、幽霊が出た」

そのカノジョの御園生寧里《みそのおねり》にも言われる。

「こわっ」

「こわくはないだろ」と返す。

「レイヤのレイは幽霊の霊。明るくても出るんだね、幽霊」と寧里。

「週一で出るよな」と達斗。「いつ出るか、わりと読みやすいよ。だから確かにこわくない」

「先生は？」と訊いてみる。

「いたけど」と寧里が言い、

「職員室に戻った」と達斗が足す。

奥脇益仁《おくわきますひと》先生。四十四歳。部の顧問だが、おれと競《せ》るぐらいの幽霊。毎回一度は出てくるものの、すぐに消える。そのあたりはおれ以上に幽霊っぽい。

写真部。学校によっては部自体がなかったり、あっても部員数は一ケタ台だったりするが、ウチはそこそこいる。三年生が引退した今でも二十人ぐらい。しかも男女ほぼ半々。写真部としては盛んだと言えるだろう。

つかうカメラはそれぞれの手持ち。そこはほかの部と同じ。グローブだのスパイクだののみたいに、自分でつかうカメラは自分で用意する。そんなに高いカメラでなくても充分なのだ。おれも一応、コンデジ、コンパクトデジタルカメラを持ってる。高校に受かって写真部に入ると言ったら、入学祝にばあちゃんが買ってくれた。幽霊だから、ほとんどつかってないが。

今日も持ってきてない。部員として顔を出さなきゃまずいみたいな日、にしか持ってこないのだ。今日はちがう。たまたま気が向いて出ることにしただけだから。

「どうした？　何？」と達斗に訊かれ、

「何？　じゃなくて。活動をするんだよ。部活動を」と答える。

「あぁ、そういうことか。ご苦労さんです」

今度は自分が訊く。

「今日は、何？」

「自由撮影」

「って、いつもそれだよな」

「まあ、イベントがないときはそうなるよな」

自由撮影。そう言うとちょっとカッコいいが、要するに、各自適当に校内をブラついて写真を撮っとけよ、ということだ。楽は楽。超楽。今日出てきてるのは十五人ぐらい。いつもだいたいこんなものだ。出なくてもいい部としてはいいほうだろう。何だかんだで、みんな、ちゃんと出てくる。

達斗が部長として言う。

「じゃあ、五時にまたここ集合ね」

は～い、だの、ほ～い、だのの返事があり、それぞれ仲のいい者同士がつるんでパソコン室を出ていく。

「令哉はおれと行こう」

「お供します。部長」

「うむ。苦しゅうないぞ。令」

「ははぁ」

そんなしょうもないことを言い合って、おれらも活動を始める。いやぁ。しょうもない。

達斗は同じ二年生。去年、三年生が引退して、部長になった。

部長、誰やる？

そりゃ白木でしょ。

そんな感じで決まった。その場にはおれもいた。新部長を決めるという、まさに、部員として顔を出さなきゃまずいみたいな日、だったのだ。自分も部員として一票を、と思ったわけではない。日比野にやってもらおうぜ、となったら困る、と思ったのだ。幽霊だからさすがにそれはないだろうが、絶対にないとは言いきれない。部長にしちゃえばあいつ出てくんじゃね？と誰かが考えないとも限らない。

でも、そこはすんなり達斗で決定。

何故、そりゃ白木でしょ、なのか。達斗の家が元写真館だからだ。

白木写真館、だったという。最寄駅は、おれと同じ京成本線の江戸川。堀切菖蒲園より五駅東。そのもの江戸川の近く。次の国府台《こうのだい》は、江戸川を渡ってもう千葉県。市川市だ。

達斗も高校へはチャリ通。コースはちがうが、おれみたいにほぼ直線。学校まで二十分はからない。おれより微妙に近い。まあ、この達斗は、部長に推されることでもわかるとおり、遠くても遅刻をしないタイプだが。

写真館は、豆腐屋と同じで、減ってるという。コロナも大きかったようだ。結婚式とか旅行とかのいわゆるハレの日がなくなった。だから記念写真も撮らなくなった。と、そういうことらしい。

ただ、白木写真館の場合、コロナとは無関係だ。達斗の父親は、早めに見切りをつけて写真館を閉め、路線バスのドライバーになった。写真館を達斗に継がせる気はなかったのだ。

閉めたのは十二年前。達斗は五歳。継ぐ継がないを考えるとこまでもいかなかったという。達斗にしてみれば、家で何だか店みたいなものをやってた、くらいの感覚らしい。まあ、五歳ならそうだろう。おれだったら、覚えてさえいないかもしれない。実際、幼稚園に通ってたころのことはほとんど覚えてないから。

でもそんななので、達斗はその父親からもらった古いフィルムカメラなんかを持ってる。いかにも昔っぽい、がっしりしたカメラだ。それだけでもう味わい深い写真が撮れちゃいそうなやつ。現像したら写真が初めからセピア色になっちゃいそうなやつ。去年、達斗の家に遊びに行ったときに見せてもらった。

その際、これ、堀切菖蒲園の豆腐屋の息子、と母親に紹介されて、ちょっとあせった。

あら、そうなの？　じゃあ、今度菖蒲園に行ったときにお豆腐を買わせてもらうわね。

そう言われ、おれはこう返した。

お願いします。

その後、達斗母は本当に買いに来てくれた。日比野くんが仲よくしてくれてる白木達斗の母です、みたいなことをばあちゃんに言ったらしい。ならばと、ばあちゃんは五目がんもをおまけしたらしい。

たぶん、達斗母は、菖蒲園に行ったついでに寄ったのではなく、日比野豆腐店に寄るために菖蒲園に行ってくれた。根拠のない話ではない。それはちょうど去年の今ごろで、花菖蒲は咲いてない時季。菖蒲園に行き慣れてる人が足を運ぶタイミングではなかったから。

そんな感じの人なのだ、達斗母は。何というか、気遣いをしてくれそうな人。自分たちも写真館を閉めた経験があるから、個人経営の豆腐屋が決して楽でないことはわかってたのだと思う。

達斗と二人、気の利いた被写体を求め、校内を歩く。まさに自由撮影。というか、単なる自由行動。

寧里は達斗のカノジョだが、こんなときに二人で動いたりはしない。寧里は女子と動く。公私混同はしないのだ。寧里がではなく、たぶん達斗が。そこは部長だから、引く線はちゃんと引く。と、つい達斗をひいきしてしまうが。もしかしたらちがうかもしれない。単に、校内でイチャイチャするのがこっ恥ずかしいだけかもしれない。

コンデジを持ってきてる達斗はそれで撮影する。持ってきてないおれはスマホで撮影する。

今日のおれの被写体は、例えばこれ。屋内では。人のいない教室。やはり人のいない階段。廊下をさびしげに歩く担任宍倉先生三十九歳独身の後ろ姿。屋外では。それぞれ顔は写らないように配慮して。準備運動をするサッカー部員。素振りをする野球部員。校庭の隅に植えられた木々。などなど。まずまずのいい写真が撮れたと思う。

校舎に戻る前に、プールのわきでちょっと休憩。立ち止まって話をする。

「おぉ、懐かしい」と達斗が言い、

「何?」とおれが言う。

「去年、ここで寧里にコクった。夏前。一学期か」

「だったら、プールには水泳部がいたんじゃん?」

「水曜で、その日の練習はなし。わかってたからここにしたんだよ」

「あぁ。で、うまくいったんだ」

「うん。まあ、コクられるって、寧里もわかってたよな。こんなとこに呼ばれるわけだし。おれ、LINEでもう、コクるからプールんとこに集合、と送ってたし」

「コクっちゃってんじゃん」

「そう。でも、ほら、それで来てくんなかったら断られたってことだろ？　だから結果はまだ出てないわけ」

「LINEへの返事は？」

「なし。そこは既読スルー」

「御園生は、来たんだ？」

「うん。来て、はい、コクって、とか言ってたよ。で、おれがコクって、オーケー」

「何だ、それ」

「LINEが来た時点で、寧里は、付き合うよ、と送ろうか迷ったらしい。でもそれじゃつまんないから来たんだと。おれがどうコクるのか見ようと思って」

「どうコクったわけ？　達斗は」

「付き合ってくださいお嬢様、と」

「御園生は、何て？」

「じゃあ、わたしの靴をなめられる？　と。女王様と言われたと勘ちがいしたんだよ。おれはお嬢様と言ったんだけど」

「だとしても、普通、そこでそう言わないだろ」

「いやぁ。そういう場になったら、やっぱお互いふざけちゃうよな。何か照れくさくて」

まあ、そうなのかもしれない。おれ自身にそんなアオハル経験はないが。

「二十歳になったらさ、記念にヌード写真を撮るよ。寧里の」

「いや、撮らせてくんないだろ、そんなの」

「寧里が撮りたいって言ったんだよ、自分で。二十歳の記念、みたいなことで」

「マジか」

「そういう人、たまにいるじゃん。若いときのきれいな姿を残しておきたい、とか。まあ、おれらが二十歳になるときまで付き合ってるかわかんないけどな。進学してちがう学校に行ったら別れちゃうかもしんないし」

「そう、だよなぁ」

そうなるカップルは多いだろう。中学で付き合ってたカレシカノジョがそれぞれ別の高校に行っても付き合う、なんてことはあまりない。大学でもなさそうな気がする。

「おれが別れたら、令哉が撮れよ」

「何でだよ」

「付き合ってなくても、写真は撮れるだろ」

「撮らせないだろ、付き合ってない相手に」

「そうかなぁ。元カレよりは、まったく無関係な相手のほうがいいんじゃないか?」

「無関係なやつよりは元カレだろ」

「令哉は無関係でもないか。幽霊とはいえ、一応、同じ部にいたわけだし」

「同じ部にいただけのやつなら元カレだろ。って、何の話だよ、これ。達斗が別れなきゃいいんだよ。大学生になっても付き合って、御園生のヌード写真を撮って、おれに見せる。それでいいよ」

「カレシなら見せないだろ。いや、カレシじゃなくても見せないか。ルール違反だもんな、そんなの」

「ヌード写真を撮ること自体がもう人としてのルール違反、のような気もするけどな」

「それは違反じゃないだろ。ヌード写真はすべてエロってことでもないし」

「知らないよ、おれは」

そんなグダグダなことを言い合って、五時ちょうどにパソコン室に戻る。

そこでは各自撮ってきた写真を画像で見せ合い、簡単にあれこれ批評し合った。それで今日の部活はおしまい。解散、となった。

午後五時すぎはもう暗い。前よりは日が長くなったが、それでもまだまだ冬。暗くなるのは早い。

チャリで家に向かってると、パンツのポケットでスマホがブルブル震えた。めんどくさいのでそこは流し、ペダルを漕ぎ進める。

一分もしないうちにまたまたブルブルが来たので、今度は歩道に上がってチャリを素早く停めた。スマホを取りだし、画面を見る。表示されてる文字はこれ。咲子。母だ。

出る。

おれのもしもしより先に母が言う。

「もしもし、令哉？」

「うん」

「おばあちゃん、入院した」

「え？」

「急に胸が苦しいって言って、立ってられなくなって」

「何、救急車？」

「いや、それはいいって言うから、お母さんが車で病院に。今、そこ。おじいちゃんとお父さんもお世話になった病院」

「ばあちゃん、だいじょうぶなの？」

「うん。意識がないとかではないし。もう落ちついてる。ただ、このまま検査入院はしたほうがいいって、先生が」

「えーと、どうすればいい？　おれも行く？」

「令哉は今どこ？」

「帰り道。チャリで家に向かってる」

「じゃあ、とりあえず家にいて。病院に来てもすることはないから。何かあったら電話する。お母さんも晩ご飯までには帰れないと思うから、自分で何か食べて。冷凍のチャーハンでもスパゲティでも。コンビニでお弁当を買ってもいいし」

「わかった。でも、ほんと、だいじょうぶ？」

「だいじょうぶ。もう苦しくはないみたいだし。ちゃんとしゃべれもするから」

「今、ばあちゃんとは、しゃべれないんだよね？」

「無理。お母さんも、これ、病院の廊下でかけてるから」

一気に不安になる。このまましゃべれないで終わりなんてことはないよな。そんなことにはならないよな。

父清道のときも似たような感じになった。電話で少し話せたが、本当に少し。で、それだけ。会うことはできなかった。もうあんな経験はしたくない。

いきなりいなくなるのはやめてほしい。たとえいきなりでなくても、いなくはならないでほしい。ばあちゃんには、早く逝ってしまった父の分まで上乗せして、長生きしてほしい。


ほりきりん公園で、七太くんとキャッチボールをする。

神田七太くん。よくウチで豆腐を買ってくれるお客さんだ。十歳、小学四年生。なのに一人で買いに来てくれる。お母さんの麻奈さんが昼間フルタイムで働いてるからだ。来てくれたときにおれも家にいれば、ばあちゃんが七太くんを二階に上げる。猫の福と遊んでもらうのだ。

令哉も遊んでもらいな、なんてばあちゃんは言う。まあ、おれが遊んでもらってる部分も、ちょっとはある。結構楽しいのだ、小学生と遊ぶのは。高校生とちがい、まだ変な欲や見栄がないから。

ほりきりん公園は、すべり台やベンチやトイレがあるだけの小さな公園。公園だから、ちゃんと区立。ほりきりんは、ここ堀切のマスコットキャラクター。もちろん、キリンだ。堀切だから、ほりきりん。江戸時代にはキリンがこの辺りにたくさんいたとか、そういうことでは、たぶん、ない。すべり台にそのほりきりんの絵が描かれてる。公園名にするからにはどこかにその絵を描かなきゃ、という無理やり感が愛らしい。

小さな公園なので、キャッチボールは禁止だろう。でもおれらが投げ合ってるのはやわらかいボールだからだいじょうぶ。百均やおもちゃ屋で売られてるあれ。今つかってるのはほりきりんカラーの黄色。家のなかで福と遊ぶため、おれが中学生のころに買ったやつだ。

今日は母が店にいる。そこへ七太くんが豆腐を買いに来た。部活はサボったので、おれも二階にいた。だから母が七太くんを上げた。野菜ジュースを飲んで、ポテチを食べて、いつものように福と遊んだ。そしておれが言った。七太くん、たまには外でキャッチボールでもしようか。

つまり、おれが誘ったのだ。おれ自身が外に出たくなって。

結局、ばあちゃんは入院した。検査入院とのことだったが、検査が終わった今も入院してる。心臓にちょっとよくないとこがあったので、その治療をしてるのだ。だからここ何日かは母がずっと店にいて、一人で豆腐をつくってる。やれないことはないけどおばあちゃんがいないとやっぱり大変、と言ってる。

ばあちゃん。だいじょうぶはだいじょうぶらしい。その治療でよくなりはするらしい。ただ、こうなったのが今でよかった、と医者の先生は母に言ったそうだ。今でなかったらもう少しあとでいきなりもあり得た、ということなのだと思う。ばあちゃん自身、前から違和感は覚えてたらしい。たまに胸に痛みが出たりはしてたのだ。

だったらさ。そこで言わなきゃ。言ってくんなきゃ。ばあちゃん。

ここんとこ、毎日そんなことを考える。今も、家にいるとどうしても考えてしまうので、七太くんを誘って外に出た。そんなわけだから、確かに、おれが七太くんに遊んでもらってる。そういう部分もちょっとはあるとかじゃなく、そういう部分しかない。

ふわりと山なりに飛んできたボールをキャッチし、同じように投げ返す。それを何度もくり返す。

おれに野球経験はない。学校でソフトボールを何度かやったことがあるくらいだ。

おれの父には野球経験があったらしい。らしいとしか言えない。昔やってたと聞いたことがあるが、それだけ。その昔がいつなのか。小学生のときなのか、中学生のときなのか、高校生のときなのか。少年野球でやってたのか、学校の部でやってたのか、ただ単に草野球としてやってたのか。そこまでは知らない。もう知れない。

その手のことは多い。父のことは案外何も知らないのだ。いろいろ訊いとけばよかったな、もっと話しとけばよかったな、と今になって思う。

おれと同じで野球経験はないはずだが、七太くんは結構うまい。ボールを難なくキャッチし、おれの胸もとへ投げ返してくる。投げ方もスムーズ。ぎこちなくない。キャッチボールに慣れてない人は、どうしても手投げになるのだ。

「七太くん、うまいね」

「ん？」

「キャッチボール」

「あぁ。お父さんとよくやったから」

「やったんだ？」

「うん」

この七太くんにも、父親はいない。といっても、おれとは事情がちがう。七太くんの父親は、毛利瑞郎さん。存在はするのだ。麻奈さんと別れただけ。離婚しただけ。それで七太くんは毛利くんから神田くんになった。実はおれも先月それを知った。ばあちゃんに聞いて。

その前から七太くんを二階に上げてはいたが、気づかなかったのだ。七太くんのことは、七太くんとしか呼ばないから。七太くん自身、別に隠してたわけではないと思う。自分から言いはしなかっただけだ。進んで触れたいことでもないから。

今はもう、神田くんであることをおれは知ってる。おれが知ってることを七太くんも知ってる。知ってしまったことを、おれが自ら七太くんに言ったのだ。知ってるのに言わないのも何だから。知ってることをおれ自身が七太くんに隠してるみたいになるから。

「お父さん、野球をやってたとか？」

「やってはいなかったと思う。わかんないけど」

わかる。まさにその感じなのだ。わかんないけど、という。

「でも二人でキャッチボールはやったんだ？」

「うん。こういうボールで。令哉くんはやった？　お父さんと」

「キャッチボールはやらなかったな。たまにサッカーはやったけど」

そう。綾瀬川と荒川とに挟まれた堀切水辺公園で、軽くサッカーボールを蹴《け》り合った。パス交換、みたいな感じで。

考えてみたら、野球経験もある父が何故サッカーだったのか。今の子は野球よりサッカーだろ、と思ったのかもしれない。要するに、おれに合わせたのだ。といって、おれはサッカーをやってたわけでも、特にサッカーを好きなわけでもなかったが。

「友だちとここでキャッチボールは、する？」とおれが訊き、

「しない。遊ぶなら、そこでゲームをやるよ」と七太くんが答える。

そこ。ベンチだ。ベンチに座って携帯型ゲーム機で遊ぶ、ということ。それは、まあ、おれも同じ。一人でそうすることもある。

「じゃあ、お母さんとキャッチボールは？」とそこで言葉を切り、すぐにこう続ける。自分で答を出してしまう。「しないか」

「うん。しない」

「だよな」

「でもお母さんとはよく図書館に行くよ」

「図書館。本、好きなの?」

「うん。たまにそこの本屋さんで買ったりもする」

そこの本屋さん。堀切にもあるのだ。小さな書店。いわゆる町の本屋さんが。

住宅地にいきなりぽんとある。おれもたまに行く。ゲームに飽きたときなんかに。そして漫画を買うのだ。ごく稀《まれ》に小説の文庫本も買う。小さな書店だから、数は多くない。あるなかから選ぶ。大きな書店でなら絶対に出合えなかったであろう一冊に出合えたりもする。それで外すこともあるが、当たるとうれしい。日比野豆腐店と同じ個人店。おれは密かに仲間意識を感じたりもしてる。

「行くのは、四つ木の図書館?」

「そう」

「小菅にもあるよね?」

「うん。そっちも行く。どっちも同じくらいの距離だから」

「どっちもそこそこ遠いか。行くときは、何、チャリで行くの?」

「歩いていく。散歩みたいな感じで」

「へぇ。どのくらい? 何分かかる?」

「二十分かかからないぐらい、かな」

「往復で四十分弱か。確かに、散歩だ」

「本を持ってると、ちょっと重いけどね」

「そうか。返したり借りたりするんだ」

「うん」

「でもその散歩は、いいな」

ボールを受け、投げる。それが七太くんとおれのあいだを二往復するうちに考える。言う。

「じゃあ、今度の土曜日、おれらも堀切水辺公園のとこをずーっと歩いてみようか。海のほうに向かって。堀切菖蒲水門のとこからスタートして、四ツ木の先、中川水門のとこまで」

「綾瀬川が中川になるところ?」

「そう」

「どのくらいで行けるの?」

「たぶん、四十分ぐらいだよ。ただ、帰りも四十分だから、そこが折り返し点だな。行きのゴールがそこ。遠足みたいな感じで行こうよ。おやつとか持って」

「おやつ」

「うん。学校じゃないから、三百円まで、なんて固いことは言わないよ。五百円でも千円でもいい。飲みものも水かお茶だけなんて言わない。甘くてもオーケー。コーラでもオーケー」

「いいね。行こう。あ、でも」

「ん?」

「お母さんが、おやつはやっぱり三百円までにしなさいって言うかも」

「言われたら、そのときは三百円までにしよう。おれもそうするよ。七太くんのお母さんの決定にしたがう。もしダメだと言われたら、コーラも持ってかない。というか、コーラは初めから無理だ」

「何で？」

「だって、歩くわけだからさ、炭酸はヤバいじゃん。揺れるから、飲むときに泡がプシューッてなるよ」

そんなことを話してるうちに空が暗くなってきたので、そこでキャッチボールを終え、ほりきりん公園から店に戻る。

七太くんはいつものように日々の絹二丁を買ってくれた。いつものように、お金もぴったりの額を用意してくれてた。キャッチボールをした分、時間がちょっと遅くなったので、送っていこうかと思った。が、歩いて二分だからだいじょうぶ、と七太くんが言うので、店の前での見送りだけにした。

それでちょうど午後五時半。閉店まであと三十分。

「店は見てるから、ちょっと休んでくれば？」と母に言う。

「ほんと？　ありがと。じゃあ、休ませてもらう。十分」

「二十分でいいよ。いや、三十分でいい。閉店の片づけだけ、やって」

ばあちゃんがいないから、そのくらいはしかたない。ずっと店番をしてたらトイレにも行けない。というのは大げさで、お客さんはそんなに来ないから、実際には余裕で行けるのだが。

「じゃあ、晩ご飯の下ごしらえをしちゃう。頼むわね」

「うん」

母は作業場経由で二階へと上がっていく。

三十分ならお客さんが一人も来ない可能性もあるな、と思う。でもそんな予想はいいほうに裏切られ、立てつづけに二人が来てくれる。近所の人。岩橋義正さんと大沼安平《おおぬまやすへい》さん。ともに七十代だ。

いや、大沼さんは八十代かもしれない。もうじじいだから豆腐しか食えねえんだよ、と前に言ってた。大沼さんは、ばあちゃんや母だけでなく、おれにもそんなことを言うのだ。おい、令哉、じじいになっても自分の歯を残しとけるよう、今からちゃんとみがいとけよ、とか。

今日はこうだ。

「お、令哉、店番か？　まさか金もらったりしてねえだろうな。家業なんだから金とるなよ。タダで手伝えよ」

「タダでやってますよ」

「ほんとか？」

「ほんとです」

「ならよし」

大沼さんはほぼ毎回これを言う。たぶん、忘れてるわけではない。毎回言いたいのだ。そして毎回聞きたいのだ、おれがちゃんとタダでやってると。だから、仮にタダじゃないとしても、おれはタダでやってると言っちゃうと思う。うそをついちゃうと思う。

岩橋さんと大沼さんは、おれのじいちゃんの代からの常連さん。ばあちゃんによれば、昔は常連さんがもっとたくさんいたらしい。でも亡くなったり、どこかへ転居したり、豆腐はスーパーで買うようになったりで、今はかなり減った。

常連さんのなかには、おれの中学の同期生の家族もいる。本人ではなく、親が来てくれる。今林哲吾《いまばやしてつご》の母親とか、百瀬《ももせ》みらの母親とか。たまたまおれが店番をしてると、いつもほめてくれる。日比野くんは偉いねぇ。ウチの子なんて何もしないよ。

でも哲吾やみらが何もしないのは、家が店じゃないからだと思う。店なら誰だって少しは手伝うはずだ。おれでさえそうしてるくらいだから。

あとは、そう、竹中輝の母親も来てくれる。竹中家からは、輝の二歳下の妹真留も来てくれる。強豪バスケ部の練習で忙しい輝自身はまったく来ないが、真留は来るのだ。今、中三。受験生。二月だから、受験はもうすぐだ。おれが行ってる都立高を受けようとしてると、ついこないだ母が言ってた。

この真留は、一言で言えば、かわいい。二言で言えば、ムチャクチャかわいい。普通だろ、と輝は言うが、普通ではない。輝は兄だからそう思うだけだ。でなきゃ、自身ムチャクチャカッコいいからそう思うだけだ。

真留が高校でも後輩になったら、おれはちょっとあせる。チャリ通での帰りに同じ信号で停まってしまったら、かなりあせるはずだ。

　行きの朝はだいじょうぶ。おれはギリの時間に出るから、一緒にはならない。おれと同じ時間に家を出てたら、女子の真留は毎日遅刻だろう。だからそうはならない。ただ、帰りはヤバい。会ってしまう可能性は高い。一応は顔見知りで、帰る方向も同じ。なら一緒に、となってしまうかもしれない。そうなりたくないわけでは決してないが、緊張はしてしまう。気詰まりな感じには、どうしてもなってしまう。

　で、そう、これも母が言ってたのだが。その真留、何と、受かったら写真部に入ろうと思ってるらしいのだ。

　それはマジでヤバい。同じ部にいるのに知らんぷりはできない。信号で一緒になる必要はない。初めから一緒に帰れてしまう。一緒に帰らなきゃおかしい、くらいの感じになってしまう。

　おれは幽霊部員でなくなってたほうがいいのか。達斗の下の副部長とかそんなのになってたほうがいいのか。いや、逆に。ちゃんと退部しといたほうがいいのか。でもそうしたらしたで、真留が入部すると知ったから退部した、ととられてしまうのではないか。

　まだ真留が試験を受けてさえいないのにそんなことを考えてると、またお客さんが来る。

　同じく男性だが、二人続いた高齢者から一転、三人めは若い。たぶん、二十代前半。そして派手。金髪で、微かにヤンキー感もある。

「いらっしゃいませ」とおれは言う。

　男性は、冷蔵ショーケースの奥にいるおれを見て、言う。

「あれっ、おばあちゃんは？」

「今ちょっといないです」

「出てんの？」

「えーと、はい」

「おばあちゃんも出るんだ？　そりゃ出るか。買物とかは行くよな」

「買物では、ないんですけど」

「でもいないんだ？」

「はい」

「君は、何、バイト？」

「いえ」

「じゃあ、おばあちゃんの孫とか？」

「はい」

「へぇ。ほんとにそうなんだ。店を手伝ってんのか。偉いね」

「いえ、偉くは」

「偉いでしょ。高校生？」

「はい。二年です」

「じゃ、偉いよ。大学生ならわからなくもないけど。高二で家の手伝いは偉いわ。偉すぎ。でも、そうか、おばあちゃんはいないのか。残念だな」

「残念、ですか？」とつい言ってしまう。

「うん。来たからにはちょっと話したいなと思ってたし」

「よく来てくれるんですか？」

「よくでもないけど。週一ぐらいか」

「週一なら、よく、ですね」

「あ、そう。じゃあ、よく、だ。といっても、来るようになったのは最近だけどね。駅の向こうに引っ越してきて、ここにも来るようになった」

「駅の向こう。遠くから、ありがとうございます」

「遠くもないでしょ。でもおばあちゃんにもそう言われたよ。言われたからには行くかってことで、こうやって、来てる。豆腐もうまいし」

「それも、ありがとうございます」

「いや、お世辞とかじゃなくてさ、マジでうまいよね。いつも二丁買うんだけど、一丁は帰ってすぐにそのまま食うよ。醬油とかなしで」

「おぉ」

「何ていうか、豆食ってる感じがするよね。いや、大豆食ってる感じ、か。だから今日も二丁買うよ。日比野純木綿と日比野青絹。今日は青絹を即食いだな。おばあちゃんにも言っといて、また来るからって。あ、でも名前わかんねえか。おれ、クロタニ。クロタニヨウジ。おばあちゃんは知ってるよ」

漢字も説明してくれた。黒谷陽治さん、だ。

「ばあちゃんも知ってるんですか」

「うん。話したときに名前も言ったから」

だったら、いいかもしれない。というか、話すべきかもしれない。

「今、入院してるんですよ。ばあちゃん」

「え、そうなの？」

「はい。心臓がちょっとあれで」

「心臓って。ヤバいじゃん」

「ヤバかったんですけど、まあ、だいじょうぶはだいじょうぶみたいで」

「ならよかった」

「でも今はまだ入院してて」

「そっか。それでいないのか。だから君が店番だ」

「はい」

「おばあちゃん。初さんだよね」

「そうです」

「君は、何？　名前。日比野くんではあるんだよね？」

「はい。令哉です」

「どういう字？」

「令和の令に、何とかカナの哉です」

「カナ。何とかナリじゃなくて？」

「じゃなくて。栽培とか盆栽とかの栽に似た、哉です」

「はいはい。それで令哉か。すげえ。平成から令和になるのを見越して付けたような名前じゃん。実際に見越してた、わけはないか。まだ六年だし」

「ないですね」

「でも令和に変わって、うれしかった？」

「別にうれしくはないですけど」

「おれならまちがいなく喜んじゃうな。うぉっ、おれの時代が来た、みたいに」

「あぁ」

「あ、今、おれのことバカだと思ったでしょ」

「思ってないですよ」

「こう見えて、おれ、一応、大学出てっかんね。留年の危機を乗り越えて、ちゃんと四年で卒業してっかんね」

「そうなんですか」

「って、ほら、疑ってんじゃん」

「いや、疑ってないですよ」

「まあ、学歴はまるで活きてないけど。今勤めてんのはクラブだし。令哉くんはさ、高校で何かやってんの？」

「特には。まあ、写真部に入ってはいますけど」

「へぇ。カメラマンになりたいとか？」

「いえ、そういうんじゃなく。楽そうだから入っただけです。実際、サボってます。今日もサボりました」

「わかる。何かに入りたいことは入りたいんだけど、真剣にやりたくはないんだよな。サボりはしたい」

まさにそのとおりなのだが、そうやって言葉にされるとカッコ悪いな、と思う。

せっかくだから、おれも訊いてみる。

「黒谷さんは、何かやってたんですか？　高校生のとき」

「何も。帰宅部。カノジョとデートしてたくらいかな」

「デート」

「といっても、ウチのほうは東京とちがって、いいデートスポットがたくさんあるわけじゃないんだけど。大学でこっちに出てきて、思ったよね。うわ、高校でこれだったら狂ったようにデートしてただろうなって」

「狂ったように」

「うん。狂っちゃうね。だって、デートし放題じゃん」

「し放題、ですか？」

「じゃない？」

「お金があればそうかもしれないですけど」

「あぁ。まあね。令哉くんは狂ってない？」

「ない、ですね。カノジョもいないですし」

「そうか。初めから住んでる人なら、そんなもんなのかもな。おれみたいによそから出てくると狂っちゃうけど。確かに、何をするにも金がかかるから大変ていうのは、あるよな」

「ありますね」

「タダで入れるとこ、少ないもんね。それこそ、そこの菖蒲園くらいで」

「はい」

「いや、おれはさ、新宿御苑も、公園みたいなもんだから当然タダだと思ってたの。あそこ、金とられんのね。五百円。びっくりした。しかたねえから入るのやめて、その五百円で牛丼食ったよ。御苑なら牛丼だなと思って。油断できないよね、東京は。でも楽しいことは楽しいんだよな。うらやましいよ、自宅から東京の大学に行けるなんて。令哉くんも行くんでしょ？大学」

「たぶん、そうなるかと」

「そっからはもうデートだね。バイト三昧《ざんまい》。デート三昧」

「どうでしょう。黒谷さんは、そうだったんですか？」

「そうだったといえばそうだったんだけど。おれの場合、ちょっと特殊かな」

「特殊」

「おれはホストのバイトしてたから」

「え、ホストクラブ、ですか？」

「そう」

「ホストって、バイトの人もいるんですか」

「いるよ」

「学生バイトも」

「いるいる。おれがそうだったし。コロナが来ちゃったからいろいろ厳しかったけど」

「あぁ。そう、でしょうね」

「店はどこもそうだよね。豆腐屋さんだって、厳しかったでしょ？」

「厳しかったです。今はちょっと戻りましたけど。でも、もとどおりではないし」

「それはホストクラブも同じかも。もういないからわかんないけど」

「今はちがうんですか？」

「うん。ちがう」

「さっき言ったクラブっていうのは」

「踊るほう。ＤＪとかがいるほう。ホストクラブじゃなくて」

「あぁ」

「大学を出てしばらくはホストをやってたんだけど、おれレベルじゃこの先は無理だなと思って、やめたの。今はそっちのクラブ。おばあちゃんにも言ったけど、店が上野だからここに引っ越してきたのよ」

「あ、京成で行けるから」

「そう。まさか上野公園も新宿御苑みたいに金とられたりしないよな、と思ったけど、だいじょうぶだった。さすが西郷どん。太っ腹」

「いやぁ、でも」

「ん？」

「ホストさんと、初めて会いました」

「いや、現役じゃないし」

「だとしても。いるんですね、やっぱり」

「そりゃいるよ」

「どう、なんですか？　ホストさんて」

「どうって言われても、難しいな。いや、学生のころはさ、バイトだけど案外やれたのよ。でもそれはおれに力があったからじゃなくて、逆に学生バイトだからやれてたんだってわかった。ほら、なかにはそういうやつの面倒を見てくれようとする優しいお客さんもいるから。けど、専業になったらそうはいかない。自分の力だけでどうにかするしかない。その力がおれにはなかったんだって、わかったよ」

「黒谷さん、ありそうに見えますけど。力」

「いやいや、全然。ほんとに力がある人はさ、やっぱちがうのよ。まず、生半可な気持ちでやってない。普通〜に人を蹴落とすしね。って、そう言っちゃうと悪魔か何かみたいに聞こえるかもしんないけど、そんなのでもなくて。ちゃんと真っ向勝負で真正面から蹴落とす。まあ、なかには後ろからそれをやるやつもいるけど。そんなやつは、じきどっかで弾《はじ》かれちゃう。そういうのを全部ひっくるめて、厳しい世界だよ」

「こわい、ですね」

「こわいけど、それがまた楽しくもあってね。何か、こう、毎日スリリングというか。蹴落とすとかいうのとはまた別のとこで、ホスト同士、仲間意識があったりもするし」

「部活みたいに、ですか？」

「おれは部活をやってなかったからよくわかんないけど、まあ、そうなのかな。うん。運動部みたいな感じか。部員同士、仲間なんだけどレギュラーと補欠はある、みたいな」

「あぁ」

それはわかりやすい。おれも運動部にいたことはないが、そのくらいはわかる。

「令哉くんもさ、大学生になったら、ホストのバイト、してみれば？」

「僕は無理ですよ」

「そんなことないよ。おれでもいけたんだから、令哉くんもいける。顔、そこそこいいじゃん」

「そこそこいい、ですか？」

「うん。ちょうどいいよ。よすぎない。三十代前半ぐらいに好かれるかも。ドンペリ入れてくれるよ。で、朝までアフター。バー行って、ボウリング行って、カラオケ行って、最後はファミレスで朝メシ。そこまでずっと歌舞伎町。懐かしいな。おれもそうだった。長くやるとかじゃなくてもさ、学生のときに経験しとくのはマジでいいかもよ。ホスト自身のことに、お客さんのこと。人間のことをいろいろ知れるから」

「人間」

「うん。それと、人間の欲、か。ホストクラブで一日百万つかうとか、普通に聞けば、バカかよって思うじゃん。でもそんな人も結構いるからね。で、凄《すさ》まじくぶっ飛んだ人なのかと思って話してみると、見事に普通だったりするし。明日ご先祖のお墓参りに行くの、なんて言ってたりとかね」

「それは、普通、ですか？」

「墓参りの前夜にホストクラブで百万つかうのは普通じゃないかもしんないけど。でも墓参りには行くのよ、ちゃんと。そこは普通でしょ」

「まあ、そう、ですね」

「そもそも普通とか言うこと自体がおかしいんだけどね。普通の人間て何だよって気もするし。普通のほうが偉いわけでもない。と、ホスト崩れがまさに偉そうなことを言ったところで、日比野純木綿と日比野青絹、おねしゃす」

「あ、そうだ。はい。一丁ずつでいいですか？」

「です」

黒谷さん、支払いはＰａｙＰａｙ。だからお釣りは必要ない。

袋に入れた豆腐を渡して、言う。

「ありがとうございます」

「こっちこそ、どうも。悪いね、おばあちゃんの代わりに話し相手になってもらっちゃって」

「いえ」

「ホストのころからそうだったけど、おれ、何かベラベラしゃべっちゃうんだよね。しゃべりたくなっちゃうんだよね」

「ばあちゃんも楽しんでると思います。僕も、ですけど」

「おばあちゃん、早く戻ってくるといいね」

「はい」

「戻ってきたら、あの金髪がまた来ますと言ってたと、マジで言っといて」

「言っときます」

マジで言う。ばあちゃん、それは本当に喜びそうだから。

「そんじゃね」

「ありがとうございました」

ありがとうございます、に、ありがとうございました。さっきは現在形で、今度は過去形。

何度も店番をしてるから、それも何度も言ってる。

でも何か初めて、本心でそう言えたような気がする。

ありがたいと心から思って、言えたような気がする。

「じゃあ、行こうか」とおれが言い、

「うん。行こう」と七太くんが言う。

歩きだす。まあ、日比野豆腐店から菖蒲園のわきを通り、堀切菖蒲水門管理橋を渡って、この堀切水辺公園まですでに十分弱歩いてはいるのだが、新たにスタートだ。

土曜日。それぞれに昼ご飯を食べての、午後二時。

おれも七太くんもリュックを背負ってる。おれのは普段づかい用の黒いデイパックだが、普段その手のものをつかわない七太くんのそれはまさに遠足用の青いリュックだ。どちらも、なかにはタオルとおやつと飲みものが入ってる。

冬だから汗はかかないだろうけど一応タオルは持ってきてね、と七太くんに言っておいた。七太くんが忘れたときのために、おれ自身、二枚持ってきた。でもそれとなく訊いたら、さすが七太くん、忘れてなかった。

おやつは。七太くんが、ハイチュウとブラックサンダーとうまい棒各種。おれが、スティックタイプのはちみつきんかんのど飴とじゃがりこ。たぶん、どちらも三百円いってない。七太くんのお母さん、麻奈さんから三百円指令が出たわけではないが、自然とそうなった。総計でも一時間半強歩くだけだから、大量のおやつは必要ないのだ。むしろこれでも多いくらい。飲みものは。七太くんが、水筒に入れた緑茶。おれは、ペットボトルの緑茶。小学生の七太くんは水筒を持ってる。高校生のおれは持ってない。だからそうなった。おれも小学生のころはつかってたから、家のなかを捜せばあるのかもしれない。面倒なので捜さなかったが。

「晴れてよかったね」と七太くん。

「うん。よかった」とおれ。

本当に晴れてる。雲一つない、とは言えないが、雲は少ししかない。ちぎった綿菓子みたいな薄めのやつがいくつか浮かんでるだけだ。冬の晴れた空っぽい。ぽいというか、そのもの。これなら雨は降らない。あの雲が雨を降らせるのは無理。

堀切水辺公園には、花菖蒲田や花畑がある。堀切菖蒲園船着場もある。トイレもある。逆に言うと、それしかない。遊具の類はない。子どもの感覚で言えば、何もなし。芝地が細長く広がってるだけ。

「福をここに連れてきたことある?」と訊かれ、

「ないよ」と答える。

「連れてきたら、逃げちゃう?」

「逃げはしないけど、とまどうだろうね。逆に、おいおい、おれを捨てる気か? と思うかも」

そう言ってから、考える。どうだろう。福は逃げてしまうのか。逃げたとして。でも餌の確保は難しいから家に帰りたくなったとして。ここから日比野豆腐店まで自力で帰ってこられるのか。その程度の帰巣本能は備わってるのか。

堀切菖蒲水門から中川水門へ。仲よく並んで流れる綾瀬川と荒川の下流へ。

荒川はその先も東京湾に向かって流れるが、綾瀬川は中川水門の手前で中川と合流して終わる。実はおれ自身、初体験。そこまで歩いたことはない。輝や哲吾と一緒にチャリで行ったことがあるだけだ。

ただ、今の七太くんと同じ小学四年生のころに両親と歩いたことはある。それでも、木根川橋止まり。中川水門までは行かなかった。

あのときは父がいた。もちろん、元気だった。そこまでもそのあとも、ずっと元気ではあったのだ。なのに、コロナであっさり逝ってしまった。まだ五十歳で。基礎疾患とか、そんなのはなかったのに。

そう。おれが中一のときだ。びっくりした。急に容体が変わったと言われ、それからすぐに、亡くなったと言われた。細かなことだが、何故か覚えてる。マジで？　とおれは言ってしまった。うそでしょ？　とも言ってしまった。軽いな、と思った。重そうな言葉をまだ知らなかったのだ。自分でも不謹慎のように感じたが、どうにもできなかった。

父の死。いきなりの死。飲みこむのに時間がかかった。すぐに泣くことはできなかった。うそでしょ？　の感覚がしばらくは続いた。

さすがに亡くなったときは行ったが、その前は、コロナだから、病院に見舞に行くことはできなかった。まあ、そうだよな、と思う一方で、でも一緒に住んでる家族なんだからいいんじゃね？　とも思ってた。言いつつ、すんなり受け入れてもいたのだ。まさか亡くなるとは思わないから。

体調を崩した父は、すぐに自ら検査に行った。これは単なるカゼではない、と感じたらしい。その予感は当たってた。結果は陽性。父はそのまま入院した。

今考えれば、父は本当に素早く動いた。ばあちゃんと母とおれを、できるだけ自分から遠ざけた。実際、症状が出たあとにおれらが一緒にいた時間は三十分もない。まあ、症状が出る前からウィルスを持ってはいたはずだが。

父が入院したときも、マジで？　と思った。でもそこまで心配してはいなかった。五十代でも亡くなる人は亡くなる。そう聞いてはいたが、自分の父がそうなるとは思わなかったのだ。

会うことはできなかったものの、電話はした。父が何度かかけてきた。

長く話すことはできなかった。時間がないからではなく、会話をするのもつらいほど父のノドが痛んだからだ。これは本当にそうらしい。痛くて食べものを飲みこめないからゼリー飲料みたいなものを飲むしかない。そんな話も聞いたことがある。

最後の電話で、父はおれに言った。

令哉。ばあちゃんとお母さんを、手伝ってやってな。

あのころ、店はやったりやらなかったりだった。まさに開けたり閉めたり。いつ開けていつ閉めてたのかは、もうまったく覚えてない。父が入院してからは、まちがいなく、やらなかった。店はずっと閉めてた。ばあちゃん一人ではとてもまわらなかったのだ。

だから父がそこで言ったのは、店を手伝え、ということではない。もっと広く、ばあちゃんと母を手伝え、力になってやれ、ということだ。まさに最期の言葉、死の直前に口にする言葉、のように聞こえる。

でも父がそのつもりだったはずはない。父自身、死ぬとは思ってなかっただろう。思ってたら、もっといろいろなことを言ってたはずだ。どんなにノドが痛くても。

もし本当に言えてたら、父は何を言ってたのか。三年以上が過ぎた今も時々そう思う。店を継げ、ではないだろう。父はそんなことは言わないような気がする。なら何なのか。大学に行け、なのか。行って少しでもいい会社に就職しろ、なのか。わからない。わからないまま、いつも最後はここに戻る。

ばあちゃんとお母さんを、手伝ってやってな。

結局、自分が死ぬとわかったとしても、父は同じことを言ったかもしれない。形はどうでもいいからとにかく、ばあちゃんと母の力になれと。

歩く。七太くんと二人、歩きつづける。河川敷とはいえ道路は舗装されてるので、歩きやすい。車は通れないから、危険はない。

七太くんがさっそくおやつを食べる。ハイチュウ。一つくれるので、おれも食べる。こんな言葉が出る。

「うわ、久しぶりに食うとうまいな、ハイチュウ。やっぱストロベリーだね」

「グレープもうまいけどね」

「あぁ、グレープね。でもおれは、僅差でストロベリーかな」

「ぼくも」

ストロベリー。お菓子関係でしかつかわない言葉だ。果物としてのイチゴを食べるときに、ストロベリーを食べる、とは言わない。でもよくつかいはする。ストロベリー味は、様々なお菓子にあるから。で、どれもたいていうまい。

「スカイツリー、ずっと見えてるね」と七太くんが言い、

「うん」とおれが言う。

そうなのだ。右前方にずっと見えてる。その中川水門の辺りでちょうど真横に見える感じかもしれない。

東京スカイツリーができたのは十二年前。だから、おれが両親とここを歩いたときにはもうあった。はっきりした記憶はないが、おれも今の七太くんと同じことを言っただろう。スカイツリー、ずっと見えてるね、と。小四なら言う。

「スカイツリー、行ったことある?」と訊いてみる。

「あるよ」と七太くんは答える。「去年行った」

「へぇ。最近だ。学校の遠足で行ったとか?」

「ううん。お母さんと」

「そうか」

「あと、もう一人の人と」

「もう一人の人?」

「お母さんが付き合ってる人」

「あぁ。そう、なんだ」

ごめん、と言いそうになるが、そう言うのも変か、と思い、言わずにおく。ただ、それで終わるのも変なので、こうは訊く。

「どうだった? スカイツリー」

「高かった。高すぎて、あんまりこわくなかった」

「わかる。マンションの十階ぐらいのほうが、かえってこわかったりするよね。ある程度の高さまで行っちゃうとそうなんだよな。もう、そこから落ちるイメージが湧かない」

「でも落ちたら、死んじゃうよね」

「死んじゃうね」

人は七階だか八階だか以上の高さから落ちると確実に死ぬ、と聞いたことがある。でもそんなことを七太くんに言いはしない。それは小四に言うことでもない。

代わりにおれは言う。

「スカイツリーってさ、東京タワーの倍近く高いはずだけど、実際にスカイツリーから東京タワーを見ると、そこまでちがうようには感じられないんだよね」

「あぁ。そうだったかも」

「距離があるからそうなるのかな。どうなんだろう。おれは文系だから、そういうのよくわかんないわ」

「文系って？」

「国語算数理科社会のなかでなら、まあ、国語と社会が得意、みたいな人。おれの場合、国語も社会も別に得意ではないんだけど。算数と理科が苦手ってだけで」

「じゃあ、算数と理科が得意な人が理系？」

「そう。七太くんは、どっち？」

「うーん。じゃあ、ぼくは理系かな」

「お、すごい」

「テストの点数は、算数が一番いい」

「おぉ。やるね」

「でも好きなのは国語かも。本読むのも好きだし」

「図書館に行くんだもんね」

「うん」

「ということは、どっちもいけるタイプだ。二刀流。大谷翔平《おおたにしょうへい》じゃん。おれなんて、文系だけど、国語も社会も好きじゃないよ。古文はわけわかんないし、日本史の幕末もわけわかんないし」

「高校の勉強は、難しいの？」

「難しいね。おれみたいに出来がよくないやつには難しい。七太くんなら、たぶんだいじょうぶだよ」

「楽しい？」

「ん？」

「高校」

「あぁ」と言って、ちょっと笑う。

おれが七太くんに、小学校は楽しい？　と訊くならわかるが、おれが訊かれちゃってる。

「どうだろう。人によるのかな。楽しいやつは楽しいだろうし、楽しくないやつは楽しくないだろうし。って、それは何でもそうか」

「令哉くんは？」

「おれは、楽しいが六で、楽しくないが四かな」

本当は逆だ。楽しくないが六で、楽しいが四。七太くんの前なので、そう言ってしまった。楽しくない、が、楽しい、を上まわるのはちょっとまずいかな、と思って。でもそれも大人の発想みたいで何かいやだな、とも思ったので、さらに言う。

「いや、やっぱ半々かな。ドロー」そしてやっと訊く。「七太くんは？　学校、楽しい？」

「ぼくは、楽しいが七で、楽しくないが三かな」

よかった。楽しくないが九、とか、十ゼロで楽しくない、とかならヤバかった。もしそんなことを言われてたら、おれじゃ対処できない。カウンセラーとか、そんな人が必要になってしまう。ただ、それでも、楽しくないが三はあるんだな、と思う。まあ、あるか。小学生だって、みんながいつも楽しいわけじゃない。小学生なりの悩みも苦労もある。

「こないだ令哉くんのとこに行った植草さんと話してるときは楽しいよ」

「あぁ。朱緒ちゃん」

こないだウチに来たのだ。福と遊びたいからということで。妹の朝緒ちゃんと七太くんとの三人で。朱緒ちゃんと朝緒ちゃんは双子。朱緒ちゃんがお姉ちゃん。猫好き姉妹だ。もう、福にべったりだった。

自分たちも猫を飼いたいがマンション住まいだから飼えないのだと言ってた。将来は絶対に一戸建てかペット可のマンションに住む、何なら自分たち二人で住んで双子の猫を飼う、とも。知らなかったが、猫にも双子はいるらしい。人間の双子よりも数は少ないらしい。気になったので、その場で調べてしまった。スマホで。

「二人、ほんとに似てたよね」とおれが言い、

「うん。ほんとに似てる」と七太くんも言う。

「正直、途中で、どっちがどっちかわかんなくなってたよ。服で見分けてたんだけど、あれ、そもそもどっちが朱緒ちゃんだっけ、ともなっちゃって。七太くんは、わかるの？」

「しゃべり方の感じで、だいたい」

「しゃべり方も、似てなかった？」

「似てるけど、ちょっとちがうかな。でもぼくも朝学校で見かけたときとかはまちがえる」

「あぁ。朝だと、まだしゃべってないからか」

「そう。ただ、しゃべったのにまちがえることもある。わたし朝緒って言われたり」

「まあ、しかたないよな。似てるもん」

「でもぼくは朱緒が好き」

「え、そうなの？」

「うん。朝緒が嫌いとかじゃなくて、朱緒が好き」

単純に、好きな女子は植草朱緒、ということだろう。

「おぉ。そっか。いいの？　言っちゃって」

「令哉くんならいいよ」

と、そんなことを言われ、ちょっとうれしい。久しぶりに人から評価されたような気がする。

「そういえば。おれが中学生のときも、同じ学年に双子、いたわ。でもその二人は二卵性だとかで、顔はちがってたな。そうそう。おれも一時期、妹のほうをちょっと好きだったよ」

松下波乃《まつしたなみの》と萌乃《もえの》。好きになったのは萌乃のほうだ。顔がちがってたから、はっきり別人ととらえてた。波乃も同じ顔なら、どうだったのだろう。両方好きになったりしてたのか。同じ顔だからどっちでもいいや、みたいな失礼な感じになったりもしてたのか。

「令哉くんは好きな人いる？」

小学生ならではのド直球質問。でも七太くんも話してくれたのだから、おれも答えないわけにはいかない。で、正直に答えるなら、こう言うしかない。

「うーん。今はいないかなぁ」

「そうなんだ」

きれいとかかわいいとか思う女子なら何人かいる。でもそれがすんなり好きにはつながらない。小学生のころはつながってた。今はそうでもない。付き合っても無理だろうな、おれとはうまくいかないだろうな、と、そんなふうに思ってしまう。といって、もしも向こうからコクられたら、喜んで付き合いはするだろうが。

「お母さんね」と七太くんが言う。

「ん？」

「ぼくの」

「あぁ。麻奈さん」

「その人が好き」

「えーと、スカイツリーに一緒に行った人？」

「うん」

まあ、付き合ってるというのだから、そうなのだろう。

「お母さんが言ったの？　好きって」

「言いはしないけど。でも、好き。ウチで一緒にご飯食べたりもするし」

「七太くんと三人で？」

「うん。令哉くんのとこの豆腐も食べるよ」

「お、マジで？　それはうれしい」

「こないだは麻婆豆腐にした」

「絹ごしで？」

「じゃなくて、日比野純木綿で。豆腐の味がわかるように、お母さんが一つ一つを大きめに切って。だから真っ白いとこも多かった」

「どうだった？」

「おいしかった」

「ならよかった。おれも食いたい。白麻婆」

「その人も、おいしいって言ってた」

「おぉ。それもうれしい」

「でもたぶん、ぼくのために言った」

「っていうのは？」

「ぼくが豆腐を買ってきたから。ぼくが豆腐を好きなことも知ってるから」

「あぁ」

つまり、交際相手の連れ子に気をつかった、みたいなことなのか。でもそれは言うよな。連れ子に対してでなくても言っちゃうよ。どんな相手であろうと、家でご飯を食べさせてもらったら。実際、日比野純木綿白麻婆がまずいはずもないんだし。

新四ツ木橋をくぐり、次いで京成押上線の高架もくぐる。これでもう半分は来た。思ったより早い。

「ぼくのお父さん。令哉くんも知ってる？」

「えーと、毛利さん、瑞郎さん」

「うん。お父さんね、令哉くんのとこの豆腐、すごく好きだったの。それでぼくも好きになった」

「そうなんだ」

「お父さん、日比野青絹が食べられなくなって残念がってると思う」

何なら通販でも買えるよ、と言いそうになるが、言わない。さすがに的外れだから。

「でも七太くんは買ってくれるんだ？　お父さんがいなくても」

「うん。好きだから」

好き。七太くんにとって、ウチの豆腐はハイチュウや植草朱緒ちゃん側なのだ。ありがたい。

「高いけどね。ウチの豆腐。スーパーなんかの豆腐にくらべたら」

「でもおいしいよ。高い分、ちゃんとおいしい」

「ありがとう。おれのお母さんに言っとくよ。退院してきたら、ばあちゃんにも言っとく」

「おばあちゃん、だいじょうぶなの？」

「たぶん、だいじょうぶ」言い直す。「だいじょうぶ」

歩きながら、リュックからはちみつきんかんのど飴を取りだす。ハイチュウのお返しに、七太くんにも一粒渡す。

なめる。飴だからちょっとしゃべりづらくなるが、言う。

「七太くんはさ」

「うん」

「その人のこと、好き？」

「まあ、好き」

「お母さんがその人と結婚しても、いい？」

「いい。でも」

「でも？」

「豆腐は好きになってほしい」

「その人に？」

「うん。ちゃんと好きになってほしい」

「ちゃんとか」

「うん。ぼくが豆腐を好きだからとかじゃなくて、ちゃんと」

だったら、好きにさせなきゃいけないな、と思う。その人が好きになるような豆腐をウチがつくらなきゃいけないな、と。

そして次に思うのはこうだ。

七太くん。マジで大人。

土曜日に授業があるのはダルい。ウチの学校は年に十八回ある。夏休みや冬休みを差し引いて考えれば、月二回の感じだ。多い。

学校が完全に週休二日みたいな時期もあった。学校週五日制、というやつだ。でもその前、おれの親世代のころは、土曜はいつも授業があったらしい。ずっと週六。休みはずっと週一。信じられない。何それ。

その土曜授業のあと。廊下で出くわした達斗に誘われた。

令哉。昼メシ食ってこうぜ。おれも新小岩まで行くから。

ということで、二人、チャリでJR新小岩駅へ。そしてよく行くチェーン店の定食屋に入った。

なかには千円を超える定食もあるが、高校生のおれらにそれは無理。達斗はから揚げ定食、おれは六十円安いしょうが焼定食を頼んだ。から揚げにも外れはないが、しょうが焼にも外れはないので。

まずは味噌汁をすする達斗に対し、おれは千切りキャベツから攻める。

そういうのをベジファーストと言うのだ。野菜を先に食うほうが体にいい、みたいなやつ。母に聞いて知った。令哉もそうしろと言われたわけではないが、聞いたからには自然とそうするようになった。母もおれも、健康、にはちょっと敏感になってるのだ。

「あ、そういやさ」とおれが言い、

「ん？」と達斗が言う。

「今日、部活ないの？」

「土曜はないだろ」

「でも日によってはやったりしてなかった？」

「やったこともあるってだけ。というかさ」

「うん」

「部員がする質問じゃないよな、それ」

「いや、幽霊なんだから、するだろ」

ここで、それぞれがメインのおかずに突入。

「から揚げうめ～」

「しょうが焼うめ～」

「もう一生から揚げでもいいわ」

「おれは一生しょうが焼はいやだな。ラーメンとカレーは食いたいよ」

「あと、寿司な。それと、かつ丼。と、うなぎ。と、ナポリタン」

「一生から揚げでよくないじゃん」

「でもどれか一つって言われたら、おれはやっぱから揚げかも」

「誰がどれか一つって言ってくんだよ。達斗が一生から揚げを食いつづけることで、誰が得するんだよ」

「町のから揚げ屋だよ。そろそろブームも落ちついたっぽいから、一生から揚げ野郎がいればたすかるだろ」

「だったら、一生から揚げ野郎じゃなくて、一生豆腐野郎になってくれよ」

「一生豆腐野郎は、ないな」

「何でだよ」

「健康になっちゃうよ」

「いいだろ、それは。なっていこうぜ、健康に」

「まあ、四月からは受験だしな」

「受験！　もうかよ」

「もうだな」

「高校に受かった、と思ったばっかなのに」

「ばっかではないだろ。二年経つよ」

「でも何だかんだで早いよな」

「令哉、大学のこととか、考えてる？」

「大学のことって？」

「何学部受けるとか」

「あぁ。全然。達斗は？」

「おれは、ちょっと考えてるよ」

「マジか」

「というか、こないだ初めて考えた」

「文系は文系でしょ？」

「うん」

「何学部？」

「写真学科があるとことか」

「何、あんの？　そんなの」

「うん。芸術系の大学とか、芸術学部がある大学とかなら」

「へぇ」

「逆にそういうとこもありかなって、まずは思った」

「逆って？」

「いや、ほら、ウチは写真館だったわけじゃん。やめちゃったけど。でもその息子のおれがあえてっていうのは、ありかと」

「逆じゃない。順、だろ。順当じゃん。ありそうじゃん」

「でもまた写真館をやれたりはしないだろうから、それはなしとして」

「ないのかよ」

「教師も考えたよ」

「先生？」

「うん」

「どこの？」

「小学校と中学校はいろいろ大変そうだから、高校だな。奥脇先生みたいな写真部の顧問とか、楽そうじゃん」

「若い男は運動部とか持たされんじゃん？　しかも、かじったことすらない競技の部とか」

「そこなんだよ。おれが柔道部とか、見られるわけないよな」

「野球部とかサッカー部とかだってきついだろ。毎週土日に試合、とかさ」

「そうそう。だからそれも無理として」

「無理なのかよ」

「結局はこれ」

「何？」

「公務員」

「おぉ」

「まあ、教師も公務員は公務員だけど。役所とかの公務員な。会社よりはそっちだろ。会社は転勤とかもありそうだし。でも公務員なら動かなくていい。都庁なら東京都だけど、区役所ならその区だけだし」

「えっ、区役所の人って、よその区に行かないの？」

「行かない。試験は共通だけど、採用は区ごとだから。その採用された区にずっといる」

「へぇ。そうなんだ。それは、確かにいいな」

「だろ？」

「でも、好きな区に行けんの？」

「希望は出せるらしいよ。その希望どおりにならないこともあるみたいだけど」

「達斗は、江戸川区？」

「まだそこまでは考えてないけど」

「どうせなら葛飾区の職員になって、豆腐屋を優遇してよ。税金をとらないとか、豆腐しか買えない商品券をバラまくとか」

「そのひいきはダメだろ」

「でもすごいな、考えてんのか」

「考えてるってほどでもないけど。卒業後に何やるかを決めて、そこから逆算すれば、受ける学部も自動的に決まるかなって」

「公務員だと、何？」

「何でも。この学部じゃダメってのはないよ。経済学部でも文学部でもいいだろうし。理学部でも工学部でもいいだろうし。でもそのなかで社会学部はいいかなと思った」

「社会学部」

「うん。何かさ、公務員なら役立ちそうじゃん。市とか区とかって、結局、社会なわけだし」

「あぁ。そう、なのかな。よくわかんないけど」

「おれもよくわかんない。でも外れてはいないだろ。だからその線で考えようと思ってるよ。社会学部がある大学を受けるってことで」

「マジですごいな。充分考えてるじゃん」

「いや、ウチさ、やめてるだろ？　写真館」

「うん」

「そのとき、結構ヤバそうな感じがあったのよ」

「ヤバそうって？」

「夜逃げまではいかないけど、家を売ったりしなきゃいけないとか。借金もあったみたいだし」

「そうなんだ」

「おれはまだ五歳だったんだけどさ、意外と覚えてんのよ。両親の思いつめた顔とか。その思いつめた顔を、おれの前で無理やり笑顔に変える感じとか。もしかしたら、それがおれの一番古い記憶かも」

「一番古い記憶が両親の思いつめた顔って、きついな」

「だからさ、やっぱ安定は大事って、思っちゃうんだよな。父親はバスの運転手になったけど、最初の何年かはすごく大変そうだったし。それはもうはっきり覚えてるよ。事故を起こしたりしちゃうんじゃないかって、母親がいつも心配してた」

母親。ウチに豆腐を買いに来てくれた達斗母だ。心配しそうだ、あの人なら。

安定。大事だと思う。多くの人たちがそれを一番に挙げるのもわかる。父が亡くなったとき、おれも不安を感じた。ウチはどうなるのかと思った。母が会社に勤めてるからいきなり生活できなくなることはないだろう。でも店はもう終わりだと思った。

終わらなかった。続いた。母が会社をやめてそっちをやるという、実に意外な形で。

そうなったらなったで、また思った。ウチはどうなるのかと。それは今も思ってる。父が亡くなってから、ウチはもうだいじょうぶ、と思えたことは一度もない。そんなこと、思えるわけがない。もしかしたら、全国の個人豆腐店を営む全員がそうかもしれない。

豆腐。それは今、目の前にもある。定食には冷奴が付いてくるのだ。青ねぎが載せられた一口サイズのそれが。

達斗がその冷奴に醬油をかける。上面の四角がすべてその色になってしまうくらいに。そして一口で食べる。

おれも、食べる。醬油はかけずにそのまま、一口で。

まさに豆腐だ。豆腐は豆腐。その味もする。まずいなんてことはまったくない。ただ、気づかされることもある。おれは言う。

「ウチの豆腐、かなりうまいんじゃね？」

「ん？」と達斗。

「この豆腐がうまくないとかそういうんじゃないけど。ウチの豆腐、うまいな」

「そりゃそうだろ。豆腐屋の豆腐なんだから」

「高いことは高いんだけどさ、やっぱうまいんだよ。高いだけのことはある」

「そうでなきゃ、店はやっていけないしな」

そうなのだ。だから今もウチは、ギリのとこではあるが、やっていけてるのだ。父が亡くなって三年半以上。ばあちゃんと母の二人でやってきた。父時代から豆腐の評価は下がってないということだろう。質はちゃんと保ててるということだろう。

一口サイズの豆腐は、なくなるのも一瞬だ。口のなかでムニュンと押しつぶし、飲みこむだけ。それでノドにつかえる心配もない。よほど大きめのものを一気に飲みこまない限りだいじょうぶ。ノドが痛かったあのときの父でも、豆腐なら食べられただろう。豆腐は、そうなのだ。子どもでも大人でも猫の福でも、安心して食べられるものなのだ。

から揚げに戻った達斗が言う。

「豆腐屋ってさ、考えたらすごいよな。豆腐だけで店やっちゃうっていう、その発想がすごいよ。肉屋とか魚屋とかならわかるけど、豆腐だもんな。メインとは言えないだろ」

「いや、言えるだろ。だってさ、豆腐がなかったらどうなるかを考えてみろよ」

「豆腐がなかったら。どうなる?」

「麻婆豆腐が食えなくなる」

「麻婆豆腐。そんなには食わないだろ」

「今食ったこの冷奴も食えなくなるぞ。夏に食いたいもんが一つ減るぞ」

「うーん」

「味噌汁にも鍋にも豆腐が入らなくなるぞ。あらゆる鍋に豆腐が入らないんだぞ。すき焼きにもだぞ」

「あぁ。まあ、そうなったら、きついな」

「味噌汁の具が豆腐じゃない日なんて、あるか？」

「あるよ」

あるのか。

「ウチはないよ」

「それは、令哉んちが豆腐屋だからだろ」

そう、なのか？

「じゃあ、訊くけど。豆腐じゃないときの味噌汁の具って、何？」

「えーと、玉ねぎとじゃがいも、とか。あとは、なめこだったり、大根だったり」

「玉ねぎとじゃがいものときはともかく。なめこも大根も、豆腐と組み合わせられるだろ。豆腐とえのきなんてのもあるし、豆腐と白菜もある。うん。おれの一推しは白菜だな。白菜のシャリシャリと豆腐のニュルンは、食感の組み合わせとして最高だろ。あれは泣けるよ」

「いや、泣けはしないけどな」

泣けはしない。でもおれは、ちょっと泣ける。父もその組み合わせが好きだったから。白菜のシャリシャリと豆腐のニュルンは食感の組み合わせとして最高、というそれは、父が言ったのだ。それを聞いて、小学校低学年くらいの若きおれも思った。確かに最高だと。

で、今のおれはこう思う。

豆腐は、やっぱいいよ。いいものをつくる仕事が、よくないわけない。必要ないわけない。なくなっていいわけない。

から揚げ定食としょうが焼定食を、それぞれ食べ終わる。

達斗は添えられたキャベツを少し残したが、おれは残さない。千切りキャベツの一本、米の一粒も残さない。子どものころから両親にそう言われてるのだ。食べもの屋が食べものを残すなと。

最初はじいちゃんに言われた。十二年前に亡くなった勇吉じいちゃんだ。そのとき、おれは五歳。だからおれの一番古い記憶はそれかもしれない。じいちゃんにそう言われたこと。幼稚園に通ってたころのことはほとんど覚えてないが、それは覚えてる。

確か、じいちゃんは、亡くなる少し前に言ったのだ。そんなときにそれ言う？　という気もしないでもないが、そんなときだからこそ言ったのかもしれない。

じいちゃんが亡くなったあとは、ばあちゃんに言われ、両親にも言われた。おれ自身、ほかの言いつけはほとんど守らなかったが、それだけは守ってきたような気もする。すんなり思えたのだ。そうだよな、食べもの屋が食べものを残しちゃダメだよな、と。

食べもの屋では、正直、ロスも出る。消費期限はどうしてもあるし、売れ残りがゼロなんてことはないから。でも。だからこそ残していいじゃダメなんだと父は言った。だから少しでも残さないよう努力するんだと。

定食屋を出て、新小岩駅の先で達斗と別れた。達斗は右手、小岩方面へと向かい、おれはそのまままっすぐ進んだ。

チャリでゆっくり走り、信号を全部守って家に着いたのは十五分後。

それからは二時間ぐらい、三階の自分の部屋で漫画を読んだりうたた寝したりした。で、店に出た。ばあちゃんを休ませるためにだ。別にそう頼まれてたわけではないが、そうした。

ばあちゃんは、三日前に退院した。今は元気だ。もとのばあちゃんに戻り、もう店番をしてる。ちょっとはよくないところ、の治療も無事終わった。本当にちょっとよくないぐらいで、大きな問題はなかったらしい。ただし。歳が歳なのでもう無理はしないように、と医者の先生に言われはした。よかった。父みたいに入院してそのまま、なんてことにならなくて、マジでよかった。

二階から下りていき、おれは言う。

「ばあちゃん。代わるよ」

「いいよ」

「疲れたでしょ？　休みなよ」

「疲れてないよ。ただ座ってるだけだし」

「でも店にいるだけで疲れるじゃん」

「令哉はそうかもしれないけど、ばあちゃんは疲れないよ。階段を上がって二階に行くほうが疲れる。下りてくるのはもっと疲れる」

「いや、下りるのは疲れないでしょ」

おれがそう言うと、ばあちゃんはこう言う。

「令哉は若いからわからないんだね。歳をとると、階段は下りるほうが疲れるんだよ。こわくてずっと手すりをつかんだりするから、それで疲れる」

「あぁ。そういえばおれも、幼稚園のころは下りのエスカレーターに乗るのがこわかったかも。そのまま下に転げ落ちそうな気がして、うまく乗れなかったのを覚えてるよ」

「令哉はエスカレーターを駆け下りてたよ。ばあちゃんは、それを見てこわいと思ってた」

「そうしてたのは、たぶん慣れてからだよ。初めはこわかった。ジェットコースターが下るときみたいなこわさを感じてたよ。急に目の前に何もなくなる、みたいな」

「ジェットコースター。浅草で乗ろうとしたことがあるねぇ」

「浅草？　あぁ、花やしきか。行ったね、四人で。おれが小学校に上がったころかな。ばあちゃんも乗ったっけ」

「乗ろうとはしたんだけど、乗れなかったんだよ」

「何で？」

「六十五歳を過ぎてたから」

「あぁ。年齢制限だ。下じゃなくて、上の」

「そう。あれは身長の制限もあるけど、令哉はだいじょうぶだったよ。乗れるくらい大きくなってた。でもばあちゃんは、年齢が過ぎちゃってた」

「日本現存最古のローラーコースター、だよね」

「そうなの？」

「そう。でも花やしきのだからって甘く見てると、意外と速いんだよ。確かに、歳をとった人だとちょっとあぶないかも」

「だから令哉と清道が二人で乗ったんだよ。咲子さんとわたしは下で見てたの」

「お母さんは乗らなかったんだ？」

「うん。ばあちゃんが乗れなかったから、わたしも一緒に下で見てますよって、言ってくれたんだね」

「でもばあちゃん、乗ろうとはしたんだ？」

「したよ。令哉が乗ろうって言うから。まさか歳で引っかかるとは思わなかった」

「で、おれがお父さんと乗ったのか」

「その写真もアルバムのどこかにあるよ。確か、ちゃんと撮れなかったんだ。あっちは走ってるし、こっちは下からだから、うまく撮れなかったんだね。写真部の令哉が撮ってくれればよかったんだけど」

「いやいや。おれは乗ってるし。小学生だし」

と、今ここでこんなふうにばあちゃんと話ができることがありがたい。何度も言うが。またこうできてよかった。マジでよかった。

ふと思いだし、これを訊く。

「あ、そうだ、ばあちゃんさ」

「ん？」

「お父さんて、野球やってた？」

「野球？」

「うん。昔やってたって聞いたことがあるんだよね」

「清道に聞いたの？」

「そう」

「清道がやってたって？」

「うん」

「どうだろう。やってたかねぇ」

「中学とか高校とかで野球部にいたことは、なかった？」

「なかったと思うよ。剣道はやってたけど。あとは、店を手伝ってたくらいで、野球は、やってたかねぇ」

「店を手伝ってたんだ？」

「うん。高校生のときはもう店番をやってたよ。夏休みとか冬休みとかね。毎日ではないけど。剣道がないときにね」

「すごいな。おれ、負けてんじゃん。大負けじゃん」

「令哉もたまにやってくれるから大負けじゃないよ。あのころはもっとお客さんがいて手も足りなかったんで、それでやってもらってただけ」

「なら、野球はいつやってたのかな」

「河川敷の野球場で同級生たちとたまにやってたとか、そのくらいじゃないかい？」

「草野球ってこと？」

「うん。小学生のころはそんなだったような気もするよ。学校から帰ってきたら、グローブを持ってあそこに行ってた。今令哉たちがやってるゲームみたいなのは、まだそんなになかったしね」

「そっか。じゃあ、本格的にというか、ちゃんと野球をやってたわけではないんだ」

「そうだね、ばあちゃんも、細かいことまでは覚えてないよ。忘れちゃうもんだね」

と、そこで店の引戸が開き、お客さんが入ってくる。

女性。というか、女子。一人。

「いらっしゃい」とばあちゃんが言い、

「いらっしゃいませ」とおれも続く。

「ゲッ！　いた！」とその女子が言う。

そこで初めて顔を見る。おれも言う。

「うぉっ。何だよ」

広岡梓穂、なのだ。同じクラスで、席が隣の。

「すごい！　ほんとにいた！」と梓穂。

「そっちこそ、何でいんだよ」とおれ。

「どちらさん？」とばあちゃんが言い、

「えーと、同じ学校の」とおれが説明する。

「同級生？」

「まあ」

「こんにちは」と梓穂が言い、

「こんにちは」とばあちゃんが返す。

「何？　何だよ。何で知ってんだよ」とおれがたたみ掛けるように訊く。

「いや、ほら、日比野くん、お店やってるって言うから」

「言うから？」

「何のお店かと思って」

「思って？」

「スマホでマップを見たの。堀切の辺りの。見たところでわかるわけないと思ってたんだけど。そしたら日比野豆腐店ていうのがあって。うわってなった。絶対ここでしょって。日比野さんて、そんなにはいないもんね」

「いや、そこそこいるよ」

「でも堀切でお店やってる日比野さんは、そんなにいないでしょ」

「それは、まあ。で？」

「で、行くしかないと思って」

「何で行くしかないんだよ」

「そりゃ行くでしょ。だって、お豆腐は好きだもん。ウチ、家族みんな好き。だから鍋もよくやるし、麻婆豆腐もよくやる。麻婆はお兄ちゃんが特に好きだから、二週に一回ペース」

「それはうれしいね」とこれはばあちゃん。

「自分ちの近くでも買えるだろ」

「買えなくはないけど。せっかくだから食べてみたいじゃない」

「それで来てくれたの？」とこれもばあちゃん。

「はい」

「はい、じゃねえし」とおれ。「普通、豆腐を買いにここまで遠征しないだろ」

「本当にここが日比野くんのお店か確かめに来たの」

「いや、まず、確かめる必要がないだろ」

「日比野くんが悪いんだよ」

「何でよ」

「だって、何のお店か隠すから」

「隠してねえよ」

「令哉、隠したの？」とばあちゃん。

「隠してないよ」

「隠したじゃない」と梓穂。

「隠したけど」

「隠してんじゃない」とまたばあちゃん。

「いや、隠したってほどではないよ。ただ言わなかっただけ」

「隠してんじゃない」とさらにばあちゃん。「豆腐屋は恥ずかしいってかい?」

「いや、ちがうよ。何か、進んで言うのは恥ずかしいから」

「ほら、恥ずかしいんじゃない」

「いやいや。その恥ずかしいじゃないよ。店やってるとか自分で言うのが恥ずかしいんだよ」

「わたしが訊いたんだから、言ってくれればいいじゃない」と梓穂。

「そうだよ」とばあちゃん。

十代と七十代。他人と身内。何故か二人の女性から責められる。しかたないので、言う。

「わかったよ。じゃあ、言わなくてすいませんでした。で、何、豆腐買ってくれんの?」

「買う。でもその前に。菖蒲園に行ってくる」

「ん?」

「先にお店を見つけちゃったから、ここが本当にそうなのか確かめただけ。豆腐も買いに来たけど、菖蒲園も観に来たの。名前は知ってたのに、わたし、観たことないから」

「お嬢さんはどこの人?」とばあちゃんが訊く。

「高校の近くです。というか、江戸川区役所の近く。江戸川区民です」と梓穂が答える。

「ここまでどうやって来たの？」

「バスを乗り継いで来ました。新小岩で乗り換えて」

「あら、大変。ありがとうねぇ」

「いえ。菖蒲園には、前から一度来てみたかったので」

「今来たって、花は咲いてないよ」とおれが言う。

「え、そうなの？」

「そうだろ。時季じゃないし」

「時季って、いつ？」

「五月半ばから六月だね」とばあちゃんが言う。

「そうなんですか」

「うん。その時季はすごいよ。花だらけ。金町の水元公園とここで葛飾菖蒲まつりもやるし、人もたくさん来る」

「知らなかった。花、ずっと咲いてるわけじゃないんだ」

「ずっとは咲かないだろ」とおれ。

「だからこそいいんだよね、花は」とばあちゃん。「年じゅう咲いてたら、価値がなくなっちゃう」

「あぁ。そう、ですよね。でも菖蒲園ていうくらいだから、ずっと咲かせてるんだと思ってました。人が、どうにかして。イチゴが年じゅう食べられるみたいに」

「年じゅうといったって限度があるだろ。スーパーでも一年じゅう売られてるわけじゃない、よな？」

「でもショートケーキには一年じゅう載っかってるじゃない」

「あれは別だろ」

「別って？」

「ケーキ用につくってんだろ。何ていうか、別枠で」

「だったら、菖蒲園の花もありそうじゃない。別枠で、咲かせてそうじゃない」

「でも菖蒲園は外だし。ビニールハウスとかじゃねえし」

「まあ、咲いてなくてもいいじゃない」とばあちゃんが言う。「令哉、連れてってあげな」

「は？」

「案内してあげな」

「いや、案内って。この店まで来られたんだから、菖蒲園だってわかるよ。ウチより有名だし」

「でもわざわざ来てくれたんだから、案内してあげな。ほら、菖蒲園は五時までだよ。行っといで。店はいいから。ばあちゃんがいるから」

「マジで？」

「マジでだよ」

ということで、そうなった。梓穂を菖蒲園に連れていくことになった。

店を出て、堀切二丁目緑道を二人で歩く。歩道に緑の植え込みがあるから、緑道。車も通れるが、まあ、住宅地なので、そんなには通らない。住んでる人の車がたまに通るくらいだ。

これは予想できなかった。十分前までは考えもしなかった。まさか梓穂と二人で地元を歩くことになるとは。

地元とか言う前に。まず、女子と二人で歩いたことがない。この辺の友だちに見られなければいい。日比野がこれ見よがしに女を連れてたぞ、なんて言われなければいい。仮に言われたとしても。これ見よがし、は否定したい。不可抗力であることは伝えたい。

「いいお店だね」と梓穂が言い、

「いや、普通の店だろ」とおれが言う。

「いいおばあちゃんだね」

いや、普通のばあちゃんだろ、とは言わず、そこは言う。

「まあ、いいばあちゃんだよ」

「あのおばあちゃんも、昔からずっとお店にいるの？」

「そう」

「おじいちゃんの代から？」

「そう」

「始まったのは、そこから？」

「その前から。ひいじいちゃんから」

「へぇ。すごい。もしかして、大正とか明治とか？」

「昭和だよ。おれらのひいじいちゃんなんだから、そうだろ」

菖蒲園には五分で着く。

で、すんなり入る。入ってすぐのとこにある管理事務所、その前を素通りする。そもそも無料の施設なので、何も言われない。その奥は静観亭。そこで喫茶や会食ができる。花菖蒲を窓越しに観ながら飲んだり食べたりできるわけだ。

そして花菖蒲圃場《ほじょう》と中央広場があり、トイレや休憩所もある。隅には子どもの遊び場もある。二つの小さな池、睡蓮《すいれん》池と杜若《かきつばた》池もある。藤棚もある。

少し歩いて、梓穂が言う。

「うわぁ。ほんとに花、咲いてない」

「だからそう言ったろ」

「まさかここまでとは思わなかった」

「冬はこんなもんだよ」

「で、思ったより狭いね」

「それも、こんなもんだろ。お金をとる施設でもないし。浜離宮とかそういうのとはちがうよ」

「このぐらいの広さなら、全体をビニールハウスみたいにできちゃうんじゃない？」

「いや、無理だろ。ビニール、飛んじゃうよ」

「頑丈なのにすればだいじょうぶでしょ」

「そしたらもう公園じゃなくなっちゃうよな。ちっちゃい東京ドームというか、葛飾ドームだよ。いや、堀切ドームか」

「お客さん、来そうじゃない。堀切ドーム」

「区がやってんだから、そんなにお金をかけられないだろ」

「でも区がこういうのをやってくれるのは、いいね」

それはおれもそう思う。亡くなったじいちゃんも言ってたらしい。こんなとこにタダで入れるんだから、いい。葛飾区は偉い。と。

ばあちゃんがそう言ってた。じいちゃんは、花が好きだったのだ。花好きなじいちゃん。ちょっとカッコいい。

「菖蒲園ていう名前も、何かいいね」と梓穂。「勝ち負けの勝負みたいで」

「堀切勝負園。何の勝負だよ」

「博打《ばくち》、とか？　堀切ドームをカジノにすれば、お客さん、ほんとにたくさん来るんじゃない？　豆腐、ムチャクチャ売れちゃったりして」

「カジノに来たお客さんが豆腐屋に寄らないだろ」

「寄らない寄らない」と梓穂が笑う。「でも、いいじゃない。堀切勝負園。ここ堀切に人生を賭けました、みたいな」

「わけわかんねえわ」

と言いはしたものの。じいちゃんはそうだったんだよな、と思う。ここ堀切でずっと豆腐屋をやってたんだから。ひいじいちゃんから店を継ぎ、父に店を継がせたんだから。賭け、じゃない。懸け。ここ堀切に、確かに人生を懸けたわけだ。店を受け継いだ父もまた、そうするつもりでいただろう。

花がまったく咲いてない花菖蒲圃場。その通路を、梓穂と二人、ゆっくり歩く。ブラブラというよりは、ノロノロと。まあ、来たんだから、一応、まわりますよ、という感じに。

「ねぇ。今度写真撮ってよ」と梓穂が言う。

「写真て、何の？」

「わたしの」

達斗と寧里のことが頭をよぎり、言う。

「ヌードは撮れないよ」

「は？」

「おれ、ヌードは撮らない」

「何言ってんの？　ヘンタイ」

「ヘンタイじゃねえし」

「演劇部員としての写真てこと。タレントさんとかでよくあるじゃない。宣材写真みたいなの」

「ならスマホで撮れよ。それで充分だろ」

「自撮りとかじゃなくて。人に撮ってもらいたいの」

「じゃ、スマホで人に撮ってもらえよ」

「ちゃんと撮りたいの。やっつけみたいな感じじゃなく」

「じゃあ、達斗に頼めよ」

「タツト？」

「白木達斗。写真部の部長」

「あぁ。白木くん」

「で、写真館の息子」

「え、そうなの？」

「そう。元だけど」

「ん？」

「写真館の元息子」

「何、親が離婚したとか？」

「そうじゃなくて。写真館をやってた家の、息子。だから、元写真館の息子、か」

「今はやってないの？　写真館」

「やってない。十年以上前に閉めた」

「だったら、写真館の息子ってほどでもないじゃん」

「いや、でも写真館のDNAが、ちょっとはあんだろ。達斗ならちゃんとヌードも撮ってくれるよ」

「だから撮らせねえし。何、ヌードヌード言ってんのよ。ヘンタイ」

「だからヘンタイじゃねえし」

これ。ヘンタイとか言う、このしょうもないやりとり。

例えば竹中輝の妹真留が試験に受かってウチの高校に入学したとして。そのうえ写真部に入ってきたとして。その真留には絶対言えないよな。じゃねえし、があとに付くとしても、ヘンタイ、という言葉を出すだけでヤバそうだ。先輩から後輩へのセクハラ、みたいになっちゃいそうだ。

と、そんなことを考え、思う。

でも。なのにこの梓穂に言えるのは何故なのか。

おれは梓穂にセクハラをしてるのか？　堀切菖蒲園を案内しながらそれをしてる？　案内してやったその代わりに？

そうじゃない。そういうことではない。おれは梓穂を笑わせたいだけだ。笑ってるその顔を見たいだけだ。

で、見たいと思ってるのは何故なのか。今こうしてるおれ自身、ちょっと楽しいと感じちゃってるのは何故なのか。

睡蓮池と杜若池に架かってる小さな橋を、渡る必要もないのに無理やり渡る。そして屋根がある休憩所でひと休み。ベンチに座る。梓穂のすぐ隣に、ではなく、いくらか距離を置いて。ちょうど学校の教室で隣に座ってるときぐらいの感じで。

「日比野くんが生まれたときは」と梓穂が言う。「家はもう当たり前にお店だったってことだよね？」

「そう」

「今が三代目だ」

「父親のあとに母親がやってるから厳密には四代目ってことになるのかもしれないけど、まあ、三代目だな。実際に仕切ってんのはばあちゃんだけど、今度、母親を店主にするみたい。もうだいじょうぶってことで」

「お父さんはさ」

「うん」

「病気？」

どう答えようか少し迷って、言う。

「コロナ」

「え、そうなの？」

「そう。いきなりだったよ。入院して、よくなりかけたと思ったら、急変」

「そう、だったんだ」

「だから、マジで気をつけたほうがいいよ。五十代でもそうなる可能性はある。今だってさ、何か、終わったみたいになっちゃってるけど、報道されなくなっただけで、コロナがなくなったわけではまったくないから」

「そうだよね。かかる人、いるもんね」

「だからおれも、マスクはもうしないけど、手はよく洗うよ。スーパーの入口なんかにアルコール消毒液が置かれてたら絶対つかうし」

「あぁ。あれ、わたしはつかわなくなっちゃったなぁ」

「もうほとんどの人がそうだよな。見てると、つかう人のほうが圧倒的に少ないよ」

「うん」

「でもおれがばあちゃんにうつしたらヤバいとは思うから、どうしてもつかっちゃうんだよな。店には悪いけど、入るときだけじゃなくて出るときもつかっちゃうよ。そのあと家に帰るからってことで」

「じゃあ、わたしもそうしよ」

「いや、それは別にいいけど」

「いや、やる。わたしも家族にうつしたくないし。でも、そっか。そういうことか」

「何?」

「謎が一つ解けた。日比野くん、だから部活をサボるんだ。お店を手伝わなきゃいけないから」

「あ、それはまったく別」

「え?」

「部は、おれが個人的にサボりたいからサボってるだけ。店、関係なし」

「そうなの?」

「そう。謙遜とかじゃなくて、そう」

「じゃ、ダメじゃん」

「ダメって言うなよ。ダメだけど」

「でもさ、家で仕事できるのって、いいね」

「いいか?」

「いいよ。通勤しなくていいのは、いい」

「それはそうかもしんないけど。テレワークとかっていうのとは、またちがうだろ」

「それよりずっといいじゃない。わたしはそのほうがいいな。家で商売。大変だろうし、責任も重いけど、その代わり何でも自分でやれる。自分で決められる。ちょっとうらやましいよ」

意外な意見だ。そんなふうに考えてみたことはなかった。責任が重いだけ。人に雇われるほうが楽。そう思ってた。何でも自分でやれる。決められる。だからこそ責任も重い。その重さは、悪くない重さかもしれない。

「広岡はさ、大学のこととか、考えてる?」と訊いてみる。「何学部を受けるとか」

「まだそんなには考えてないかな。でも文学部にするかも。経済とか法律とかは、よくわかんないし」

「何かやりたいことが、あんの？」

「ない。それを大学で見つけようとは、思ってるけどね」

「演劇は、やる？　大学で」

「それもわかんない。これからの一年で考えるよ。演劇はやりたいけど、本格的に役者を目指したいとかそういうのはない。残念ながらわたし、人気が出るようなかわいい顔はしてないし」

「うーん」

「うーん、じゃないよ。そこは、そんなことないよ、とか、個性的な顔ではあるよ、とか言いなさいよ。何よ、うーんて」

「個性的な顔、は別にうれしくないだろ」

「うーん、よりはいい」

「あ、そうだ。なあ、おれは？」

「ん？」

「おれ、顔、そこそこいい？」

「は？」

「いや、こないださ、店のお客さんに言われたんだよ。そこそこいい、ホストもやれるって」

「何それ。完全にお世辞でしょ」

「やっぱそうか」

「でも」

「でも？」

「まあ、そこそこはいいよ。かなり控えめなそこそこだけど」

「おぉ。マジか」

「というこれもお世辞」

「何だ」

「さて。お世辞も言ったところで。花が咲いてない堀切菖蒲園も観たし、お豆腐買って、帰ろうかな」

そう言って、梓穂がベンチから立ち上がる。だからおれも立ち上がる。

「何がおいしいの？　お豆腐」

「全部うまいよ」

「そうでしょうけど。何がおすすめ？」

「全部おすすめだけど。木綿と絹ごしなら、好きなのはどっち？」

「木綿」

「お、マジで？」

「何？　おかしい？」

「いや、どっちかというと絹ごし好きが多いから。特におれら世代は」

「わたしは、食べ応えがある木綿のほうが好きかな。もちろん、絹ごしも好きだけど。豆腐の表面にちょっとザラザラ模様が付いてる木綿のあの感じ、好き」

「うわ、広岡、ヘンタイじゃん」

「ヘンタイじゃねえし」と梓穂が笑う。

おれも笑う。梓穂を笑わせるのもいいが、梓穂に笑わされるのもいい。

堀切菖蒲園を出て、店に戻る。帰りも五分。

梓穂は、木綿を二丁買ってくれた。日比野純木綿と日々の木綿。それぞれ一丁ずつで、二丁。その買い方は珍しい。食べくらべるのだと言ってた。やっぱヘンタイだ。この手のヘンタイは増えてほしい。

令哉、バス停まで送ってやんな、とばあちゃんが言うので、そこは素直にそうした。店のお客さんになってくれたので、別れる際には、ありがとな、と素直に言えもした。お豆腐の感想は月曜に学校で、と梓穂は言い、京成タウンバスに乗って帰っていった。

その夜。

ばあちゃんが寝たあと。やはり寝支度にかかってた母におれは言った。三階の母の部屋ででではなく、二階の居間で。

「あのさ」

「うん」

「おれ、大学には行かないよ」

「え？　何で？」前に話したことを覚えてたらしく、母は言った。「まさか卒論が大変だから？」

「いや、そうじゃないよ」

「じゃあ？」

「何ていうかさ、店やんのも、いいかなって」

「店って、ここ？　豆腐屋ってこと？」

「そう」

「どうして？」

「いや、どうしてって言われるとあれだけど。ばあちゃんもいい歳だし、まあ、いいかなって」

母はおれをじっと見た。そして言った。

「それは、何、店をやってもいいっていうこと？　それとも、やりたいっていうこと？」

「やりたい、かな」

「ほんとに？」

「ほんとに」

「本気でやりたい？」

「本気でやりたい、よ」

そこでまた同じ質問が来る。

「どうして？」

「いや、だからどうしてって言われるとあれだけど。やりたい、から？」と語尾を上げてしまう。

「学費の心配をしてるとかじゃないのね？」

「ないよ」とそこは即答するが、そう言われたことで初めて心配になる。「ヤバいの？　学費」

「ヤバくない。だいじょうぶ。お母さんが会社に勤めてたころの貯《たくわ》えもあるし、お父さんの保険金もあるから」

それはばあちゃんも言ってた。父はそこそこの額の生命保険に入ってたらしいのだ。自分に万が一のことがあったらまずいからと。で、実際に万が一のことがあった。たすかったことはたすかったけど、何だか清道の命を売ったみたいだよ、と、ばあちゃんはそうも言ってた。

「店をやるなら大学に行く必要はないよね。お父さんみたいに」

「店をやるなら大学に行く必要はないかもしれないけど。でも、行きなさい。行けば、ほかの可能性についても考えるかもしれない。何かやりたいことが出てくるかもしれない。行ったうえでそれでも豆腐屋がいいと思うなら、やればいい。卒業してからでも遅くない。それまではお母さんがどうにかするから。おばあちゃんに鍛《きた》えてもらいながら、ちゃんと店は続けるから」

「でもばあちゃんはそろそろ」

「そうね。もう少ししたら、豆腐はお母さん一人でつくるようにする。おばあちゃんは昼間店を見てもらうだけにする。だから、だいじょうぶ」

「でも、施設への配達とかもするようになるんでしょ？」

何日か前に母自身が言ってた。年度が替わる四月から介護福祉施設にウチの豆腐を卸せるようになるのだと。

「そんなに朝早い時間じゃなくていいとそこの所長さんが言ってくれてるから、それもだいじょうぶ。ただね、ウチの豆腐を入れてくれるところがもう少し増えたら、そのときは令哉にもお願いするかもしれない。アルバイトみたいな感じでね。だから早めに車の免許をとってくれたら、それはたすかる。教習所代は、もちろんお母さんが出してあげる。でもそのくらいで充分。お母さんはむしろ令哉に大学に行ってほしい。それはお父さんも同じ」

「そうなの？」

「そう。適当なことを言ってるんじゃない。ほんとよ。お父さんは令哉を大学に行かせるつもりで、自分の生命保険とは別に令哉の学資保険にも入ってたの。大学入試の時期に合わせてお金が下りる保険ね。だからほんと。まちがいない」

「そう、なんだ」

「うん。だから令哉は大学に行くことだけを考えて。店のことは、気にかける、くらいでいいから」

令哉。ばあちゃんとお母さんを、手伝ってやってな。

父はおれにそう言った。そう言われたから、だけではない。これはあくまでもおれ自身の意思。おれは自分の意思で、ばあちゃんと母を手伝う。いずれは店をやる。父と母が望むなら大学にも行く。そういうことなら、おれ自身、行きたい。受験勉強も、ある程度はちゃんとしたい。ある程度、と早くも言ってしまうあたりがおれの弱さだが、ある程度、の質は少しでも上げていけるようにしたい。

写真部のほうは、まあ、そのまま幽霊でいることにして。それとは別に、一人で、豆腐部、みたいなのをつくるのもいい。

前にすぐそこの書店、町の本屋さんでたまたま買って読んだ文庫本にそんな話があった。高校生バカ男子が一人で女子部をつくるのだ。

エロい意味ではまったくなく。親は離婚してしまったが、自身は将来そうしたくない。だから今から女子というものを少しでも知っておきたい、研究しておきたい、という意味での女子部。

その感じで、おれも豆腐部をつくる。将来店をつぶさなくてすむように、あれこれ研究する。まさに高校生バカ男子である今から。

幽霊とはいえ、一応、写真部員。豆腐の写真を撮ってみるのもいい。

接写。アップ。滑らかな絹ごしとそうでもない木綿のちがいをわかりやすく伝えるのだ。豆腐を日々口にしてはいるだろうが、みんな、そこまでちゃんと見たことはないだろうから。梓穂が好きだという木綿のあのザラザラ模様もきれいに撮る。せっかくばあちゃんが買ってくれたのにまだほとんどつかってないあのコンデジで。

ついでに、店番をしてるばあちゃん自身も撮りたい。早朝から豆腐をつくる母も撮りたい。

元ホストの黒谷さんと話してるばあちゃんを撮れたら、それはいい写真になるだろう。一人で豆腐をつくる母、豆腐と向き合う母。それだって、まちがいなくいい写真になる。

日比野豆腐店。日々の豆腐店。

これが始まりだと思ってる。

何の？　父母を継ぐ四代目の。

まあ、きついけどね。豆腐屋は。

断章　日比野福

我はいつものようにしている。居間のソファでぐで〜んとしている。

初ばあと咲子さんと令哉は、台所のほうで食事をしている。だから今は我がソファを独占できる。といっても、昼間、誰もいないあいだはずっと独占しているわけだが。

このソファでぐで〜んは、本当に気持ちがいい。まさに至福の時間。

だがこのところ考えたりもする。我はいったいいつまでここでこうしていられるのか。こんなことをいったいいつまで続けていられるのか。

我も早十歳。日々、衰えを感じてはいる。我自身の頂はもう過ぎてしまったと感じている。

例えば、前は一度で飛び乗れていた戸棚に一度では飛び乗れなくなっている。いけると思って飛んでいるのに、いけない。いけないとどうなるか。床に落ちる。無様に落下するところを令哉に見られていなかったかと、いつもひやひやする。

我がそんな有様になっていると、令哉は言うのだ。

お、福、失敗。動画を撮っときゃよかった。猫の失敗動画。絶対バズるでしょ。

何のことかはよくわからないが、令哉の好きにさせてはいけない。令哉如きにバズらせてはいけない。

その令哉が台所のほうから言う。

福。ちょっと豆腐食う？

頂けるものは頂く、が方針なので、我はぐで～んを解除し、ソファから降りる。そしてそろそろと台所へ向かう。

そこでは木のテーブルに三人が着いている。

令哉が豆腐の一切れを手のひらに載せ、我に差しだす。

食す。温かい。熱くはない。我は猫なので猫舌だが、この程度ならだいじょうぶ。例によって、上あごと舌とで、ぶにゃん。豆腐は我のノドの奥へと消える。地味に美味。

何ならもう少し頂きたいが、との意思を示すべく、我は令哉の足に自分の前足を当てる。肉球のあたりを。猫パンチにはならない程度に。

それをわきから見た咲子さんが言う。

福。食べすぎはダメ。

次いで、初ばあも言う。

もう歳なんだから、今からデブ猫になっちゃダメだよ。ちゃんと健康を考えないと。わたしも令哉が大学を出て一人前になるまではがんばるから、福も一緒にがんばる。あんた、わたしより先に逝くんじゃないよ。

今高校に行っている令哉は、近々、その大学なるところへ行くことになるらしい。そしていずれはここで豆腐をつくることにもなるらしい。

ずぼらな令哉がつくる豆腐。だいじょうぶなのか。

まあ、だいじょうぶだろう。この十年でわかった。日比野家の者たちは、だいじょうぶなのだ。

豆腐を頂けないならしかたがない。我は居間へと戻る。今度はそろそろとではなく、小走りにソファの前を通過。隅にある箱へ飛びこむ。

咲子さんが通販で買った何かの空き箱だ。我の体がちょうどすっぽり収まる大きさ。咲子さんは本当に箱の趣味がいい。

我はその四角い箱のなかで丸くなる。一息つく。ソファもいいが、箱もいい。開放感を楽しめるのはソファだが、落ちつけるのは箱。

そこに山があるから登るのだ、と人間は言うらしい。ならば我は言う。そこに箱があるから入るのだ。

そのままうとうとする。今夜はここで寝てしまってもいいかな、と思う。

しばらくすると、食事を終えて居間に移った初ばあと咲子さんと令哉の声が聞こえてくる。テレビからは、生まれも育ちも葛飾柴又だと説明する車寅次郎の声も聞こえてくる。このところ、印象的な音楽のメロディとともによく聞こえてくるのだ。

そうなったのは、二週間ほど不在であった初ばあが戻ってきてから。

清道がいなくなったときと同じ感じだったので、やはりこのまいなくなるのかと思ったが、初ばあは戻ってきた。初ばあが戻ったことで、日比野家に明るさも戻った。

そういえば、最近、清道を見ない。

装画　しらこ
装幀　小川恵子

本作は書き下ろしです。

この物語はフィクションであり、登場する人物および団体名等は実在するものといっさい関係ありません。

小野寺史宜 おのでらふみのり

千葉県生まれ。２００６年「裏へ走り蹴り込め」で第86回オール讀物新人賞を受賞。08年、ポプラ社小説大賞優秀賞受賞作『ROCKER』で単行本デビュー。『ひと』が19年本屋大賞第2位に選ばれる。主な著書に「みつばの郵便屋さん」シリーズ、『まち』『いえ』『うたう』など多数。

日比野豆腐店《ひびのとうふてん》

二〇二四年十月三一日　初刷

著　者　小野寺史宜
発行者　小宮英行
発行所　株式会社　徳間書店
〒一四一-八二〇二　東京都品川区上大崎三-一-一
目黒セントラルスクエア
電話［編集］〇三-五四〇三-四三四九
［販売］〇四九-二九三-五五二一
振替　〇〇一四〇-〇-四四三九二

組版　株式会社キャップス
本文印刷　本郷印刷株式会社
カバー印刷　真生印刷株式会社
製本　東京美術紙工協業組合

落丁・乱丁はお取り替えいたします。
ISBN 978-4-19-865919-6